U0927988

# 时光笔迹

The Trajectory of Time

李元胜——著

钱坤强——译

重庆大学出版社

# 目 录　　C O N T E N T S

## *To Idle Away the Time With You*

## 我想和你虚度时光

*How I wish to idle away the time with you*
*By gazing at the fish down below, for example,*
*Or leaving our cups on the table and making our departure*
*Let them waste the pretty shadows that they cast;*

我想和你虚度时光，比如低头看鱼
比如把茶杯留在桌子上，离开
浪费它们好看的阴影

*I also want to waste the setting sun, by taking a stroll, say,*
*Wandering aimlessly until the sky turns starry;*

我还想连落日一起浪费，比如散步
一直消磨到星光满天

*I also want to waste the moments when winds start to blow*
*Sitting in the corridor in a trance, until the dark clouds in your eyes*
*Are all swept out of the window;*
*I have idled away the entire world, which passed by me*
*In fatigue, as if love never requited;*

我还要浪费风起的时候

坐在走廊发呆，直到你眼中乌云

全部被吹到窗外

我已经虚度了世界，它经过我

疲倦，又像从未被爱过

*Yet tomorrow I'll do what I'm doing today, that is, to idle away*
*All the flowers and grasses greeting our eyes, and life should be as beautiful*
*And as meaningless as this flora, just like the movie we've idled away;*
*The love, the despair and the deaths*
*Bring us fleeting silences;*

但是明天我还要这样，虚度

满目的花草，生活应该像它们一样美好

一样无意义，像被虚度的电影

那些绝望的爱和赴死

为我们带来短暂的沉默

*I want us to waste each other,*

*To idle away those fleeting silences and long meaninglessness*

*And wear out this exquisite old-aged universe*

*By leaning against the wooden rails, say, or by staring at the mirror of water*

*Until all the things that we have idled away*

*Grow thin wings on themselves, right behind us.*

我想和你互相浪费

一起虚度短的沉默，长的无意义

一起消磨精致而苍老的宇宙

比如靠在栏杆上，低头看水的镜子

直到所有被虚度的事物

在我们身后，长出薄薄的翅膀

2013.4.20

春
S p r i n g

**January** ☐ **February** ☐ **March** ☐ **April** ☐ **May** ☐ **June** ☐ **July** ☐ **August** ☐ **September** ☐ **October** ☐ **November** ☐ **December** ☐

*Sunday* ☐ *Monday* ☐ *Tuesday* ☐ *Wednesday* ☐ *Thursday* ☐ *Friday* ☐ *Saturday* ☐

*1* ☐ *2* ☐ *3* ☐ *4* ☐ *5* ☐ *6* ☐ *7* ☐ *8* ☐ *9* ☐ *10* ☐ *11* ☐ *12* ☐ *13* ☐ *14* ☐ *15* ☐ *16* ☐

*17* ☐ *18* ☐ *19* ☐ *20* ☐ *21* ☐ *22* ☐ *23* ☐ *24* ☐ *25* ☐ *26* ☐ *27* ☐ *28* ☐ *29* ☐ *30* ☐ *31* ☐

## *Here is All That You've Missed*

*Here is all that you've missed*

*An old book left open, where the lilies are in full bloom*

*And the city is adorned with clouds shaped like fish scales*

## 你错过的全在这里

你错过的全在这里

一本翻开的旧书中，百合开花了

鱼鳞云涂抹城市

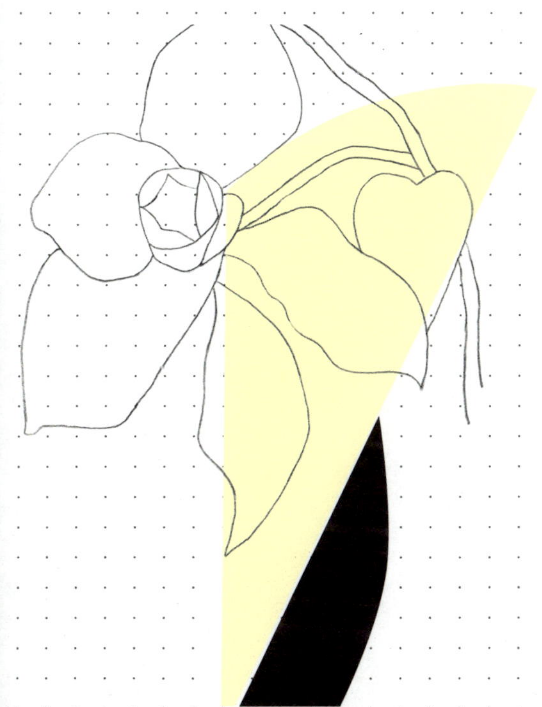

**January** ☐ **February** ☐ **March** ☐ **April** ☐ **May** ☐ **June** ☐ **July** ☐ **August** ☐ **September** ☐ **October** ☐ **November** ☐ **December** ☐

*Sunday* ☐ *Monday* ☐ *Tuesday* ☐ *Wednesday* ☐ *Thursday* ☐ *Friday* ☐ *Saturday* ☐

*1* ☐ *2* ☐ *3* ☐ *4* ☐ *5* ☐ *6* ☐ *7* ☐ *8* ☐ *9* ☐ *10* ☐ *11* ☐ *12* ☐ *13* ☐ *14* ☐ *15* ☐ *16* ☐

*17* ☐ *18* ☐ *19* ☐ *20* ☐ *21* ☐ *22* ☐ *23* ☐ *24* ☐ *25* ☐ *26* ☐ *27* ☐ *28* ☐ *29* ☐ *30* ☐ *31* ☐

---

*The train with green carriages dawdles in slow motion*
*All the months of the year, interlocked like a train of carriages,*
*Dawdle on, swaying from side to side*
*But rejecting you on board as a passenger*

绿皮火车还在缓缓行驶

月份紧挨着，摇晃着，行驶

但已不载着你

**January** □ **February** □ **March** □ **April** □ **May** □ **June** □ **July** □ **August** □ **September** □ **October** □ **November** □ **December** □

*Sunday* □ *Monday* □ *Tuesday* □ *Wednesday* □ *Thursday* □ *Friday* □ *Saturday* □

*1* □ *2* □ *3* □ *4* □ *5* □ *6* □ *7* □ *8* □ *9* □ *10* □ *11* □ *12* □ *13* □ *14* □ *15* □ *16* □

*17* □ *18* □ *19* □ *20* □ *21* □ *22* □ *23* □ *24* □ *25* □ *26* □ *27* □ *28* □ *29* □ *30* □ *31* □

*Oh, read this book, all the places you've missed*
*And all the people you've missed, they've all become lines of verse*
*Which dawdle on in slow motion*
*But rejecting you on board as a passenger*

读吧，你错过的地方
错过的人，都成了诗篇
它们行驶着，但已不载着你

**January** ☐ **February** ☐ **March** ☐ **April** ☐ **May** ☐ **June** ☐ **July** ☐ **August** ☐ **September** ☐ **October** ☐ **November** ☐ **December** ☐

*Sunday* ☐ *Monday* ☐ *Tuesday* ☐ *Wednesday* ☐ *Thursday* ☐ *Friday* ☐ *Saturday* ☐

*1* ☐ *2* ☐ *3* ☐ *4* ☐ *5* ☐ *6* ☐ *7* ☐ *8* ☐ *9* ☐ *10* ☐ *11* ☐ *12* ☐ *13* ☐ *14* ☐ *15* ☐ *16* ☐

*17* ☐ *18* ☐ *19* ☐ *20* ☐ *21* ☐ *22* ☐ *23* ☐ *24* ☐ *25* ☐ *26* ☐ *27* ☐ *28* ☐ *29* ☐ *30* ☐ *31* ☐

*Please read on, in the course of the time that you've missed*
*Everything in the universe reproduces and proliferates*
*As if abiding by a certain mission, and you're deprived of*
*Being connected with either despair or infatuation*

读吧，你错过的时间里

万物繁殖，它们仿佛依循某个使命

绝望和你无关，迷恋也和你无关

**January** ☐ **February** ☐ **March** ☐ **April** ☐ **May** ☐ **June** ☐ **July** ☐ **August** ☐ **September** ☐ **October** ☐ **November** ☐ **December** ☐

*Sunday* ☐ *Monday* ☐ *Tuesday* ☐ *Wednesday* ☐ *Thursday* ☐ *Friday* ☐ *Saturday* ☐

*1* ☐ *2* ☐ *3* ☐ *4* ☐ *5* ☐ *6* ☐ *7* ☐ *8* ☐ *9* ☐ *10* ☐ *11* ☐ *12* ☐ *13* ☐ *14* ☐ *15* ☐ *16* ☐

*17* ☐ *18* ☐ *19* ☐ *20* ☐ *21* ☐ *22* ☐ *23* ☐ *24* ☐ *25* ☐ *26* ☐ *27* ☐ *28* ☐ *29* ☐ *30* ☐ *31* ☐

*You are just a belated traveler in this late spring*
*Reading a book in total puzzlement, not knowing*
*Why you've let go your journey of destiny*
*Which should have been so fascinating and interesting*

而你，只是暮春里一个迟到的人
狐疑地读着，不知为何
错过本该如此有趣的命运

2015.5.5

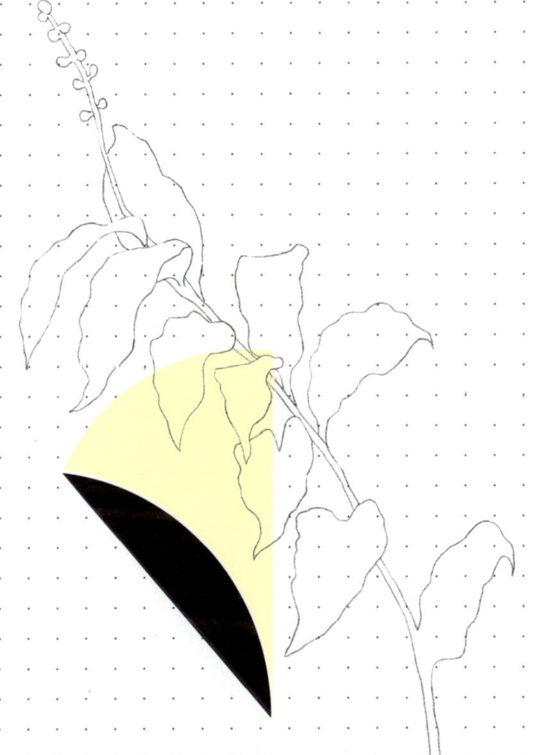

**January** ☐ **February** ☐ **March** ☐ **April** ☐ **May** ☐ **June** ☐ **July** ☐ **August** ☐ **September** ☐ **October** ☐ **November** ☐ **December** ☐

*Sunday* ☐ *Monday* ☐ *Tuesday* ☐ *Wednesday* ☐ *Thursday* ☐ *Friday* ☐ *Saturday* ☐

*1* ☐ *2* ☐ *3* ☐ *4* ☐ *5* ☐ *6* ☐ *7* ☐ *8* ☐ *9* ☐ *10* ☐ *11* ☐ *12* ☐ *13* ☐ *14* ☐ *15* ☐ *16* ☐

*17* ☐ *18* ☐ *19* ☐ *20* ☐ *21* ☐ *22* ☐ *23* ☐ *24* ☐ *25* ☐ *26* ☐ *27* ☐ *28* ☐ *29* ☐ *30* ☐ *31* ☐

**January** ☐ **February** ☐ **March** ☐ **April** ☐ **May** ☐ **June** ☐ **July** ☐ **August** ☐ **September** ☐ **October** ☐ **November** ☐ **December** ☐

*Sunday* ☐ *Monday* ☐ *Tuesday* ☐ *Wednesday* ☐ *Thursday* ☐ *Friday* ☐ *Saturday* ☐

*1* ☐ *2* ☐ *3* ☐ *4* ☐ *5* ☐ *6* ☐ *7* ☐ *8* ☐ *9* ☐ *10* ☐ *11* ☐ *12* ☐ *13* ☐ *14* ☐ *15* ☐ *16* ☐

*17* ☐ *18* ☐ *19* ☐ *20* ☐ *21* ☐ *22* ☐ *23* ☐ *24* ☐ *25* ☐ *26* ☐ *27* ☐ *28* ☐ *29* ☐ *30* ☐ *31* ☐

**January** ☐ **February** ☐ **March** ☐ **April** ☐ **May** ☐ **June** ☐ **July** ☐ **August** ☐ **September** ☐ **October** ☐ **November** ☐ **December** ☐

*Sunday* ☐ *Monday* ☐ *Tuesday* ☐ *Wednesday* ☐ *Thursday* ☐ *Friday* ☐ *Saturday* ☐

*1* ☐ *2* ☐ *3* ☐ *4* ☐ *5* ☐ *6* ☐ *7* ☐ *8* ☐ *9* ☐ *10* ☐ *11* ☐ *12* ☐ *13* ☐ *14* ☐ *15* ☐ *16* ☐

*17* ☐ *18* ☐ *19* ☐ *20* ☐ *21* ☐ *22* ☐ *23* ☐ *24* ☐ *25* ☐ *26* ☐ *27* ☐ *28* ☐ *29* ☐ *30* ☐ *31* ☐

______________

## *Take It*

*The more you are bored, the more likely*
*You can see flowers blossom in your book*
*While reading, you let your unbridled imagination soar*
*And vaguely you remember that you were once a shepherd*
*In another planet grazing cattle on the pasture*

## 给

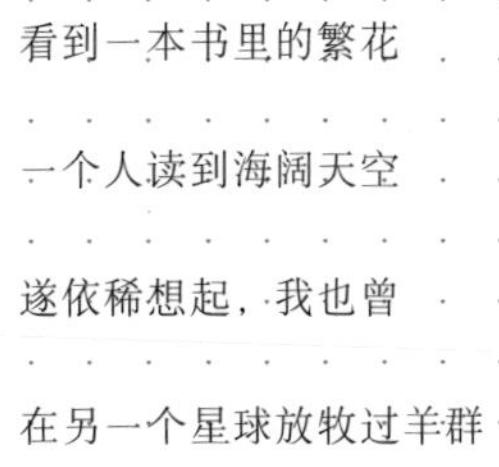

生活越枯燥，越有机会

看到一本书里的繁花

一个人读到海阔天空

遂依稀想起，我也曾

在另一个星球放牧过羊群

**January** ☐ **February** ☐ **March** ☐ **April** ☐ **May** ☐ **June** ☐ **July** ☐ **August** ☐ **September** ☐ **October** ☐ **November** ☐ **December** ☐

*Sunday* ☐ *Monday* ☐ *Tuesday* ☐ *Wednesday* ☐ *Thursday* ☐ *Friday* ☐ *Saturday* ☐

*1* ☐ *2* ☐ *3* ☐ *4* ☐ *5* ☐ *6* ☐ *7* ☐ *8* ☐ *9* ☐ *10* ☐ *11* ☐ *12* ☐ *13* ☐ *14* ☐ *15* ☐ *16* ☐

*17* ☐ *18* ☐ *19* ☐ *20* ☐ *21* ☐ *22* ☐ *23* ☐ *24* ☐ *25* ☐ *26* ☐ *27* ☐ *28* ☐ *29* ☐ *30* ☐ *31* ☐

____________

*The rain stops, and the peach tree outside the window*
*Sits in meditation inside the fruits it has borne*

雨停了，窗外的桃树
在自己的果实里打坐

**January** ☐ **February** ☐ **March** ☐ **April** ☐ **May** ☐ **June** ☐ **July** ☐ **August** ☐ **September** ☐ **October** ☐ **November** ☐ **December** ☐

*Sunday* ☐ *Monday* ☐ *Tuesday* ☐ *Wednesday* ☐ *Thursday* ☐ *Friday* ☐ *Saturday* ☐

*1* ☐ *2* ☐ *3* ☐ *4* ☐ *5* ☐ *6* ☐ *7* ☐ *8* ☐ *9* ☐ *10* ☐ *11* ☐ *12* ☐ *13* ☐ *14* ☐ *15* ☐ *16* ☐

*17* ☐ *18* ☐ *19* ☐ *20* ☐ *21* ☐ *22* ☐ *23* ☐ *24* ☐ *25* ☐ *26* ☐ *27* ☐ *28* ☐ *29* ☐ *30* ☐ *31* ☐

*Oops, even after so many dynasties and generations*
*We are still deeply trapped*
*In the dungeon of our own sweetness*

唉，历经多少朝代

我们仍深陷在

各自甜蜜的牢笼中

2015.7.6

**January** ☐ **February** ☐ **March** ☐ **April** ☐ **May** ☐ **June** ☐ **July** ☐ **August** ☐ **September** ☐ **October** ☐ **November** ☐ **December** ☐

*Sunday* ☐ *Monday* ☐ *Tuesday* ☐ *Wednesday* ☐ *Thursday* ☐ *Friday* ☐ *Saturday* ☐

*1* ☐ *2* ☐ *3* ☐ *4* ☐ *5* ☐ *6* ☐ *7* ☐ *8* ☐ *9* ☐ *10* ☐ *11* ☐ *12* ☐ *13* ☐ *14* ☐ *15* ☐ *16* ☐

*17* ☐ *18* ☐ *19* ☐ *20* ☐ *21* ☐ *22* ☐ *23* ☐ *24* ☐ *25* ☐ *26* ☐ *27* ☐ *28* ☐ *29* ☐ *30* ☐ *31* ☐

**January** ☐ **February** ☐ **March** ☐ **April** ☐ **May** ☐ **June** ☐ **July** ☐ **August** ☐ **September** ☐ **October** ☐ **November** ☐ **December** ☐

*Sunday* ☐ *Monday* ☐ *Tuesday* ☐ *Wednesday* ☐ *Thursday* ☐ *Friday* ☐ *Saturday* ☐

*1* ☐ *2* ☐ *3* ☐ *4* ☐ *5* ☐ *6* ☐ *7* ☐ *8* ☐ *9* ☐ *10* ☐ *11* ☐ *12* ☐ *13* ☐ *14* ☐ *15* ☐ *16* ☐

*17* ☐ *18* ☐ *19* ☐ *20* ☐ *21* ☐ *22* ☐ *23* ☐ *24* ☐ *25* ☐ *26* ☐ *27* ☐ *28* ☐ *29* ☐ *30* ☐ *31* ☐

**January** ☐ **February** ☐ **March** ☐ **April** ☐ **May** ☐ **June** ☐ **July** ☐ **August** ☐ **September** ☐ **October** ☐ **November** ☐ **December** ☐

*Sunday* ☐ *Monday* ☐ *Tuesday* ☐ *Wednesday* ☐ *Thursday* ☐ *Friday* ☐ *Saturday* ☐

*1* ☐ *2* ☐ *3* ☐ *4* ☐ *5* ☐ *6* ☐ *7* ☐ *8* ☐ *9* ☐ *10* ☐ *11* ☐ *12* ☐ *13* ☐ *14* ☐ *15* ☐ *16* ☐

*17* ☐ *18* ☐ *19* ☐ *20* ☐ *21* ☐ *22* ☐ *23* ☐ *24* ☐ *25* ☐ *26* ☐ *27* ☐ *28* ☐ *29* ☐ *30* ☐ *31* ☐

## *Why Getting up So Early*

*Why getting up so early, just to sweep the ground and look at the flowers?*
*Sweeping the ground of yesterday with the broom of today*
*Sweeping my failed life with the broom of the ancients;*
*In two full hours, from a book left open*

## 早起何为

早起何为，扫地看花

用今天的扫帚扫昨天的地

用古人的扫帚，扫我无用的一生

用一个时辰，从翻开的书

**January** ☐ **February** ☐ **March** ☐ **April** ☐ **May** ☐ **June** ☐ **July** ☐ **August** ☐ **September** ☐ **October** ☐ **November** ☐ **December** ☐

*Sunday* ☐ *Monday* ☐ *Tuesday* ☐ *Wednesday* ☐ *Thursday* ☐ *Friday* ☐ *Saturday* ☐

*1* ☐ *2* ☐ *3* ☐ *4* ☐ *5* ☐ *6* ☐ *7* ☐ *8* ☐ *9* ☐ *10* ☐ *11* ☐ *12* ☐ *13* ☐ *14* ☐ *15* ☐ *16* ☐

*17* ☐ *18* ☐ *19* ☐ *20* ☐ *21* ☐ *22* ☐ *23* ☐ *24* ☐ *25* ☐ *26* ☐ *27* ☐ *28* ☐ *29* ☐ *30* ☐ *31* ☐

*Sweep every bit of it out, to the farthest corner of this planet*

*So that it will vanish without a trace on its way of bouncing back;*

*But the fact is I'm holding nothing in my hand, except that*

*I'm just looking at the flowers, with my head lowered—*

*A flower at dawn is a poet*

*A flower at dusk is a sage*

扫出去，一直扫到海角天涯

它弹回来时，消失于无形

原来我无所持握，只是在低头看花——

清晨的花是诗人

黄昏的花是禅师

2016.3.2

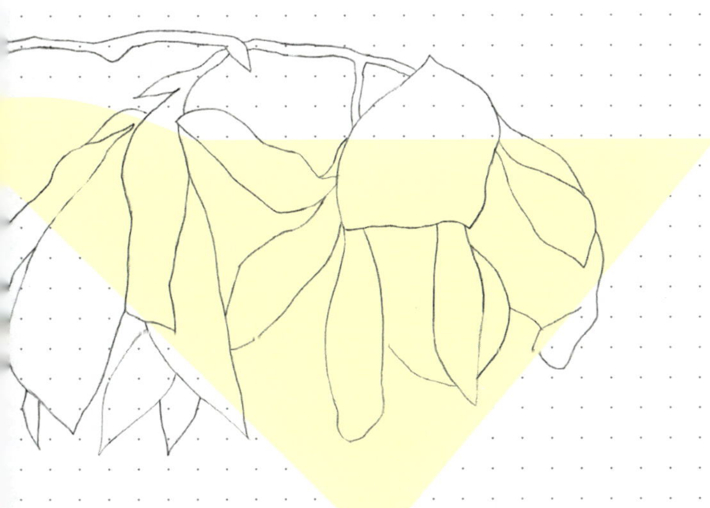

**January** ☐ **February** ☐ **March** ☐ **April** ☐ **May** ☐ **June** ☐ **July** ☐ **August** ☐ **September** ☐ **October** ☐ **November** ☐ **December** ☐

*Sunday* ☐ *Monday* ☐ *Tuesday* ☐ *Wednesday* ☐ *Thursday* ☐ *Friday* ☐ *Saturday* ☐

*1* ☐ *2* ☐ *3* ☐ *4* ☐ *5* ☐ *6* ☐ *7* ☐ *8* ☐ *9* ☐ *10* ☐ *11* ☐ *12* ☐ *13* ☐ *14* ☐ *15* ☐ *16* ☐

*17* ☐ *18* ☐ *19* ☐ *20* ☐ *21* ☐ *22* ☐ *23* ☐ *24* ☐ *25* ☐ *26* ☐ *27* ☐ *28* ☐ *29* ☐ *30* ☐ *31* ☐

**January** ☐ **February** ☐ **March** ☐ **April** ☐ **May** ☐ **June** ☐ **July** ☐ **August** ☐ **September** ☐ **October** ☐ **November** ☐ **December** ☐

*Sunday* ☐ *Monday* ☐ *Tuesday* ☐ *Wednesday* ☐ *Thursday* ☐ *Friday* ☐ *Saturday* ☐

*1* ☐ *2* ☐ *3* ☐ *4* ☐ *5* ☐ *6* ☐ *7* ☐ *8* ☐ *9* ☐ *10* ☐ *11* ☐ *12* ☐ *13* ☐ *14* ☐ *15* ☐ *16* ☐

*17* ☐ *18* ☐ *19* ☐ *20* ☐ *21* ☐ *22* ☐ *23* ☐ *24* ☐ *25* ☐ *26* ☐ *27* ☐ *28* ☐ *29* ☐ *30* ☐ *31* ☐

---

**January** ☐ **February** ☐ **March** ☐ **April** ☐ **May** ☐ **June** ☐ **July** ☐ **August** ☐ **September** ☐ **October** ☐ **November** ☐ **December** ☐

*Sunday* ☐ *Monday* ☐ *Tuesday* ☐ *Wednesday* ☐ *Thursday* ☐ *Friday* ☐ *Saturday* ☐

*1* ☐ *2* ☐ *3* ☐ *4* ☐ *5* ☐ *6* ☐ *7* ☐ *8* ☐ *9* ☐ *10* ☐ *11* ☐ *12* ☐ *13* ☐ *14* ☐ *15* ☐ *16* ☐

*17* ☐ *18* ☐ *19* ☐ *20* ☐ *21* ☐ *22* ☐ *23* ☐ *24* ☐ *25* ☐ *26* ☐ *27* ☐ *28* ☐ *29* ☐ *30* ☐ *31* ☐

**January** ☐ **February** ☐ **March** ☐ **April** ☐ **May** ☐ **June** ☐ **July** ☐ **August** ☐ **September** ☐ **October** ☐ **November** ☐ **December** ☐

*Sunday* ☐ *Monday* ☐ *Tuesday* ☐ *Wednesday* ☐ *Thursday* ☐ *Friday* ☐ *Saturday* ☐

*1* ☐ *2* ☐ *3* ☐ *4* ☐ *5* ☐ *6* ☐ *7* ☐ *8* ☐ *9* ☐ *10* ☐ *11* ☐ *12* ☐ *13* ☐ *14* ☐ *15* ☐ *16* ☐

*17* ☐ *18* ☐ *19* ☐ *20* ☐ *21* ☐ *22* ☐ *23* ☐ *24* ☐ *25* ☐ *26* ☐ *27* ☐ *28* ☐ *29* ☐ *30* ☐ *31* ☐

**January** ☐ **February** ☐ **March** ☐ **April** ☐ **May** ☐ **June** ☐ **July** ☐ **August** ☐ **September** ☐ **October** ☐ **November** ☐ **December** ☐

*Sunday* ☐ *Monday* ☐ *Tuesday* ☐ *Wednesday* ☐ *Thursday* ☐ *Friday* ☐ *Saturday* ☐

*1* ☐ *2* ☐ *3* ☐ *4* ☐ *5* ☐ *6* ☐ *7* ☐ *8* ☐ *9* ☐ *10* ☐ *11* ☐ *12* ☐ *13* ☐ *14* ☐ *15* ☐ *16* ☐

*17* ☐ *18* ☐ *19* ☐ *20* ☐ *21* ☐ *22* ☐ *23* ☐ *24* ☐ *25* ☐ *26* ☐ *27* ☐ *28* ☐ *29* ☐ *30* ☐ *31* ☐

**January** ☐ **February** ☐ **March** ☐ **April** ☐ **May** ☐ **June** ☐ **July** ☐ **August** ☐ **September** ☐ **October** ☐ **November** ☐ **December** ☐

*Sunday* ☐ *Monday* ☐ *Tuesday* ☐ *Wednesday* ☐ *Thursday* ☐ *Friday* ☐ *Saturday* ☐

*1* ☐ *2* ☐ *3* ☐ *4* ☐ *5* ☐ *6* ☐ *7* ☐ *8* ☐ *9* ☐ *10* ☐ *11* ☐ *12* ☐ *13* ☐ *14* ☐ *15* ☐ *16* ☐

*17* ☐ *18* ☐ *19* ☐ *20* ☐ *21* ☐ *22* ☐ *23* ☐ *24* ☐ *25* ☐ *26* ☐ *27* ☐ *28* ☐ *29* ☐ *30* ☐ *31* ☐

**January** ☐ **February** ☐ **March** ☐ **April** ☐ **May** ☐ **June** ☐ **July** ☐ **August** ☐ **September** ☐ **October** ☐ **November** ☐ **December** ☐

*Sunday* ☐ *Monday* ☐ *Tuesday* ☐ *Wednesday* ☐ *Thursday* ☐ *Friday* ☐ *Saturday* ☐

*1* ☐ *2* ☐ *3* ☐ *4* ☐ *5* ☐ *6* ☐ *7* ☐ *8* ☐ *9* ☐ *10* ☐ *11* ☐ *12* ☐ *13* ☐ *14* ☐ *15* ☐ *16* ☐

*17* ☐ *18* ☐ *19* ☐ *20* ☐ *21* ☐ *22* ☐ *23* ☐ *24* ☐ *25* ☐ *26* ☐ *27* ☐ *28* ☐ *29* ☐ *30* ☐ *31* ☐

**January** ☐ **February** ☐ **March** ☐ **April** ☐ **May** ☐ **June** ☐ **July** ☐ **August** ☐ **September** ☐ **October** ☐ **November** ☐ **December** ☐

*Sunday* ☐ *Monday* ☐ *Tuesday* ☐ *Wednesday* ☐ *Thursday* ☐ *Friday* ☐ *Saturday* ☐

*1* ☐ *2* ☐ *3* ☐ *4* ☐ *5* ☐ *6* ☐ *7* ☐ *8* ☐ *9* ☐ *10* ☐ *11* ☐ *12* ☐ *13* ☐ *14* ☐ *15* ☐ *16* ☐

*17* ☐ *18* ☐ *19* ☐ *20* ☐ *21* ☐ *22* ☐ *23* ☐ *24* ☐ *25* ☐ *26* ☐ *27* ☐ *28* ☐ *29* ☐ *30* ☐ *31* ☐

**January** □ **February** □ **March** □ **April** □ **May** □ **June** □ **July** □ **August** □ **September** □ **October** □ **November** □ **December** □

*Sunday* □ *Monday* □ *Tuesday* □ *Wednesday* □ *Thursday* □ *Friday* □ *Saturday* □

*1* □ *2* □ *3* □ *4* □ *5* □ *6* □ *7* □ *8* □ *9* □ *10* □ *11* □ *12* □ *13* □ *14* □ *15* □ *16* □

*17* □ *18* □ *19* □ *20* □ *21* □ *22* □ *23* □ *24* □ *25* □ *26* □ *27* □ *28* □ *29* □ *30* □ *31* □

**January** ☐ **February** ☐ **March** ☐ **April** ☐ **May** ☐ **June** ☐ **July** ☐ **August** ☐ **September** ☐ **October** ☐ **November** ☐ **December** ☐

*Sunday* ☐ *Monday* ☐ *Tuesday* ☐ *Wednesday* ☐ *Thursday* ☐ *Friday* ☐ *Saturday* ☐

*1* ☐ *2* ☐ *3* ☐ *4* ☐ *5* ☐ *6* ☐ *7* ☐ *8* ☐ *9* ☐ *10* ☐ *11* ☐ *12* ☐ *13* ☐ *14* ☐ *15* ☐ *16* ☐

*17* ☐ *18* ☐ *19* ☐ *20* ☐ *21* ☐ *22* ☐ *23* ☐ *24* ☐ *25* ☐ *26* ☐ *27* ☐ *28* ☐ *29* ☐ *30* ☐ *31* ☐

____________

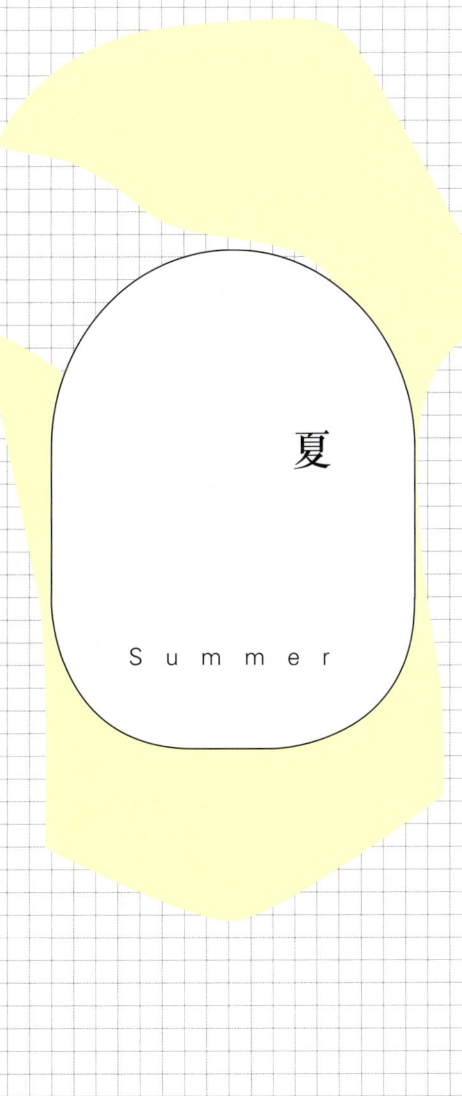
夏
Summer

**January** ☐ **February** ☐ **March** ☐ **April** ☐ **May** ☐ **June** ☐ **July** ☐ **August** ☐ **September** ☐ **October** ☐ **November** ☐ **December** ☐

*Sunday* ☐ *Monday* ☐ *Tuesday* ☐ *Wednesday* ☐ *Thursday* ☐ *Friday* ☐ *Saturday* ☐

*1* ☐ *2* ☐ *3* ☐ *4* ☐ *5* ☐ *6* ☐ *7* ☐ *8* ☐ *9* ☐ *10* ☐ *11* ☐ *12* ☐ *13* ☐ *14* ☐ *15* ☐ *16* ☐

*17* ☐ *18* ☐ *19* ☐ *20* ☐ *21* ☐ *22* ☐ *23* ☐ *24* ☐ *25* ☐ *26* ☐ *27* ☐ *28* ☐ *29* ☐ *30* ☐ *31* ☐

______________

***Sojourning at a Lakeside Pavilion***

*All that is past has now calmed down, with all paths deserted*
*The bank of the lake zigzags into far distance*
*Undulating up and down like the unsolved riddles of a lifetime*

**水榭小驻**

往事安静了，众多小路空无一人

湖岸迤逦而去

起伏有如平生那些未解之谜

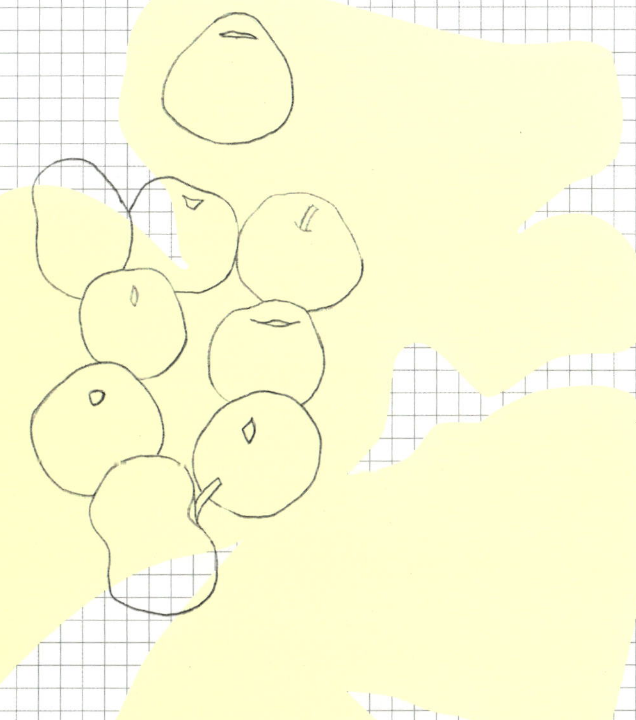

**January** ☐ **February** ☐ **March** ☐ **April** ☐ **May** ☐ **June** ☐ **July** ☐ **August** ☐ **September** ☐ **October** ☐ **November** ☐ **December** ☐

*Sunday* ☐ *Monday* ☐ *Tuesday* ☐ *Wednesday* ☐ *Thursday* ☐ *Friday* ☐ *Saturday* ☐

*1* ☐ *2* ☐ *3* ☐ *4* ☐ *5* ☐ *6* ☐ *7* ☐ *8* ☐ *9* ☐ *10* ☐ *11* ☐ *12* ☐ *13* ☐ *14* ☐ *15* ☐ *16* ☐

*17* ☐ *18* ☐ *19* ☐ *20* ☐ *21* ☐ *22* ☐ *23* ☐ *24* ☐ *25* ☐ *26* ☐ *27* ☐ *28* ☐ *29* ☐ *30* ☐ *31* ☐

____________

*Now I see that a heart can either be straits of harsh winds and rains*

*Or a vast sky with graceful clouds, so calm and so serene*

原来心可以是风雨海峡

也可以天高云淡，水波不兴

**January** ☐ **February** ☐ **March** ☐ **April** ☐ **May** ☐ **June** ☐ **July** ☐ **August** ☐ **September** ☐ **October** ☐ **November** ☐ **December** ☐

*Sunday* ☐ *Monday* ☐ *Tuesday* ☐ *Wednesday* ☐ *Thursday* ☐ *Friday* ☐ *Saturday* ☐

*1* ☐ *2* ☐ *3* ☐ *4* ☐ *5* ☐ *6* ☐ *7* ☐ *8* ☐ *9* ☐ *10* ☐ *11* ☐ *12* ☐ *13* ☐ *14* ☐ *15* ☐ *16* ☐

*17* ☐ *18* ☐ *19* ☐ *20* ☐ *21* ☐ *22* ☐ *23* ☐ *24* ☐ *25* ☐ *26* ☐ *27* ☐ *28* ☐ *29* ☐ *30* ☐ *31* ☐

*Nothing to feel sorry for this life*

*For I've soared in the boundless sky and plunged deep into the ocean*

*And the lotus, slumbering in the ancient silt, has given birth to fresh flowers*

这一生无所惭愧

也随鸟翔，也任鱼游

经年的淤泥，也有肥大的藕开出新花

**January** ☐ **February** ☐ **March** ☐ **April** ☐ **May** ☐ **June** ☐ **July** ☐ **August** ☐ **September** ☐ **October** ☐ **November** ☐ **December** ☐

*Sunday* ☐ *Monday* ☐ *Tuesday* ☐ *Wednesday* ☐ *Thursday* ☐ *Friday* ☐ *Saturday* ☐

*1* ☐ *2* ☐ *3* ☐ *4* ☐ *5* ☐ *6* ☐ *7* ☐ *8* ☐ *9* ☐ *10* ☐ *11* ☐ *12* ☐ *13* ☐ *14* ☐ *15* ☐ *16* ☐

*17* ☐ *18* ☐ *19* ☐ *20* ☐ *21* ☐ *22* ☐ *23* ☐ *24* ☐ *25* ☐ *26* ☐ *27* ☐ *28* ☐ *29* ☐ *30* ☐ *31* ☐

____________

*This entire life has nothing to do with failure*

*People come and go, vanishing without a trace like shadows of birds*

*But your name is like a sunken ship*

*Covering up the infinite silvery hue inside the mirror*

这一生无所失败

众人鸟影掠过，不着痕迹

而你的名字如一艘沉船

压着镜子里的无边银色

2015.6.15

**January** ☐ **February** ☐ **March** ☐ **April** ☐ **May** ☐ **June** ☐ **July** ☐ **August** ☐ **September** ☐ **October** ☐ **November** ☐ **December** ☐

*Sunday* ☐ *Monday* ☐ *Tuesday* ☐ *Wednesday* ☐ *Thursday* ☐ *Friday* ☐ *Saturday* ☐

*1* ☐ *2* ☐ *3* ☐ *4* ☐ *5* ☐ *6* ☐ *7* ☐ *8* ☐ *9* ☐ *10* ☐ *11* ☐ *12* ☐ *13* ☐ *14* ☐ *15* ☐ *16* ☐

*17* ☐ *18* ☐ *19* ☐ *20* ☐ *21* ☐ *22* ☐ *23* ☐ *24* ☐ *25* ☐ *26* ☐ *27* ☐ *28* ☐ *29* ☐ *30* ☐ *31* ☐

___________

**January** ☐ **February** ☐ **March** ☐ **April** ☐ **May** ☐ **June** ☐ **July** ☐ **August** ☐ **September** ☐ **October** ☐ **November** ☐ **December** ☐

*Sunday* ☐ *Monday* ☐ *Tuesday* ☐ *Wednesday* ☐ *Thursday* ☐ *Friday* ☐ *Saturday* ☐

*1* ☐ *2* ☐ *3* ☐ *4* ☐ *5* ☐ *6* ☐ *7* ☐ *8* ☐ *9* ☐ *10* ☐ *11* ☐ *12* ☐ *13* ☐ *14* ☐ *15* ☐ *16* ☐

*17* ☐ *18* ☐ *19* ☐ *20* ☐ *21* ☐ *22* ☐ *23* ☐ *24* ☐ *25* ☐ *26* ☐ *27* ☐ *28* ☐ *29* ☐ *30* ☐ *31* ☐

_______________

**January** ☐ **February** ☐ **March** ☐ **April** ☐ **May** ☐ **June** ☐ **July** ☐ **August** ☐ **September** ☐ **October** ☐ **November** ☐ **December** ☐

*Sunday* ☐ *Monday* ☐ *Tuesday* ☐ *Wednesday* ☐ *Thursday* ☐ *Friday* ☐ *Saturday* ☐

*1* ☐ *2* ☐ *3* ☐ *4* ☐ *5* ☐ *6* ☐ *7* ☐ *8* ☐ *9* ☐ *10* ☐ *11* ☐ *12* ☐ *13* ☐ *14* ☐ *15* ☐ *16* ☐

*17* ☐ *18* ☐ *19* ☐ *20* ☐ *21* ☐ *22* ☐ *23* ☐ *24* ☐ *25* ☐ *26* ☐ *27* ☐ *28* ☐ *29* ☐ *30* ☐ *31* ☐

______________

## *Withdrawal*

*I withdrew from a banquet, with a mouthful of seawater*

*I withdrew from the garden, dragging behind me the bee's sting*

## 撤退

我从酒局撤退，含着一口海水

我从花园撤退，倒拖着蜜蜂的刺

**January** ☐ **February** ☐ **March** ☐ **April** ☐ **May** ☐ **June** ☐ **July** ☐ **August** ☐ **September** ☐ **October** ☐ **November** ☐ **December** ☐

*Sunday* ☐ *Monday* ☐ *Tuesday* ☐ *Wednesday* ☐ *Thursday* ☐ *Friday* ☐ *Saturday* ☐

*1* ☐ *2* ☐ *3* ☐ *4* ☐ *5* ☐ *6* ☐ *7* ☐ *8* ☐ *9* ☐ *10* ☐ *11* ☐ *12* ☐ *13* ☐ *14* ☐ *15* ☐ *16* ☐

*17* ☐ *18* ☐ *19* ☐ *20* ☐ *21* ☐ *22* ☐ *23* ☐ *24* ☐ *25* ☐ *26* ☐ *27* ☐ *28* ☐ *29* ☐ *30* ☐ *31* ☐

*I withdrew from the dictionary, taking away a portion of a word*
*To cover up my face;*
*I withdrew from love, bringing with me many misspelled words*

从词典中撤退，带一个遮脸用的偏旁
从爱情里撤退，带着很多错别字

**January** ☐ **February** ☐ **March** ☐ **April** ☐ **May** ☐ **June** ☐ **July** ☐ **August** ☐ **September** ☐ **October** ☐ **November** ☐ **December** ☐

*Sunday* ☐ *Monday* ☐ *Tuesday* ☐ *Wednesday* ☐ *Thursday* ☐ *Friday* ☐ *Saturday* ☐

*1* ☐ *2* ☐ *3* ☐ *4* ☐ *5* ☐ *6* ☐ *7* ☐ *8* ☐ *9* ☐ *10* ☐ *11* ☐ *12* ☐ *13* ☐ *14* ☐ *15* ☐ *16* ☐

*17* ☐ *18* ☐ *19* ☐ *20* ☐ *21* ☐ *22* ☐ *23* ☐ *24* ☐ *25* ☐ *26* ☐ *27* ☐ *28* ☐ *29* ☐ *30* ☐ *31* ☐

______________

*I want to withdraw from a map, but the plane says*

*That, for a fly which flies three circles, its true bravery lies in*

*Finding the way back*

我想从一张地图上撤退，飞机说

苍蝇飞三圈，发现回去才是真勇敢

**January** ☐ **February** ☐ **March** ☐ **April** ☐ **May** ☐ **June** ☐ **July** ☐ **August** ☐ **September** ☐ **October** ☐ **November** ☐ **December** ☐

*Sunday* ☐ *Monday* ☐ *Tuesday* ☐ *Wednesday* ☐ *Thursday* ☐ *Friday* ☐ *Saturday* ☐

*1* ☐ *2* ☐ *3* ☐ *4* ☐ *5* ☐ *6* ☐ *7* ☐ *8* ☐ *9* ☐ *10* ☐ *11* ☐ *12* ☐ *13* ☐ *14* ☐ *15* ☐ *16* ☐

*17* ☐ *18* ☐ *19* ☐ *20* ☐ *21* ☐ *22* ☐ *23* ☐ *24* ☐ *25* ☐ *26* ☐ *27* ☐ *28* ☐ *29* ☐ *30* ☐ *31* ☐

*I want to withdraw from a severe illness, but the doctor says*

*No hurry, no hurry, you are still very slow in recovering*

我想从一场大病中撤退，医生说

慢点，慢点，你全身都还在抽丝

**January** ☐ **February** ☐ **March** ☐ **April** ☐ **May** ☐ **June** ☐ **July** ☐ **August** ☐ **September** ☐ **October** ☐ **November** ☐ **December** ☐

*Sunday* ☐ *Monday* ☐ *Tuesday* ☐ *Wednesday* ☐ *Thursday* ☐ *Friday* ☐ *Saturday* ☐

*1* ☐ *2* ☐ *3* ☐ *4* ☐ *5* ☐ *6* ☐ *7* ☐ *8* ☐ *9* ☐ *10* ☐ *11* ☐ *12* ☐ *13* ☐ *14* ☐ *15* ☐ *16* ☐

*17* ☐ *18* ☐ *19* ☐ *20* ☐ *21* ☐ *22* ☐ *23* ☐ *24* ☐ *25* ☐ *26* ☐ *27* ☐ *28* ☐ *29* ☐ *30* ☐ *31* ☐

*I withdrew from the first half of my life; it's strange*

*I'm here empty-handed;*

*But when I tried to withdraw from the afternoon, I was returned to*

*Where I was by the evening the moment I got up*

从前半生撤退，我居然什么也没来得及带

从这个下午撤退，刚起身，就被傍晚退回原地

2015.7.28

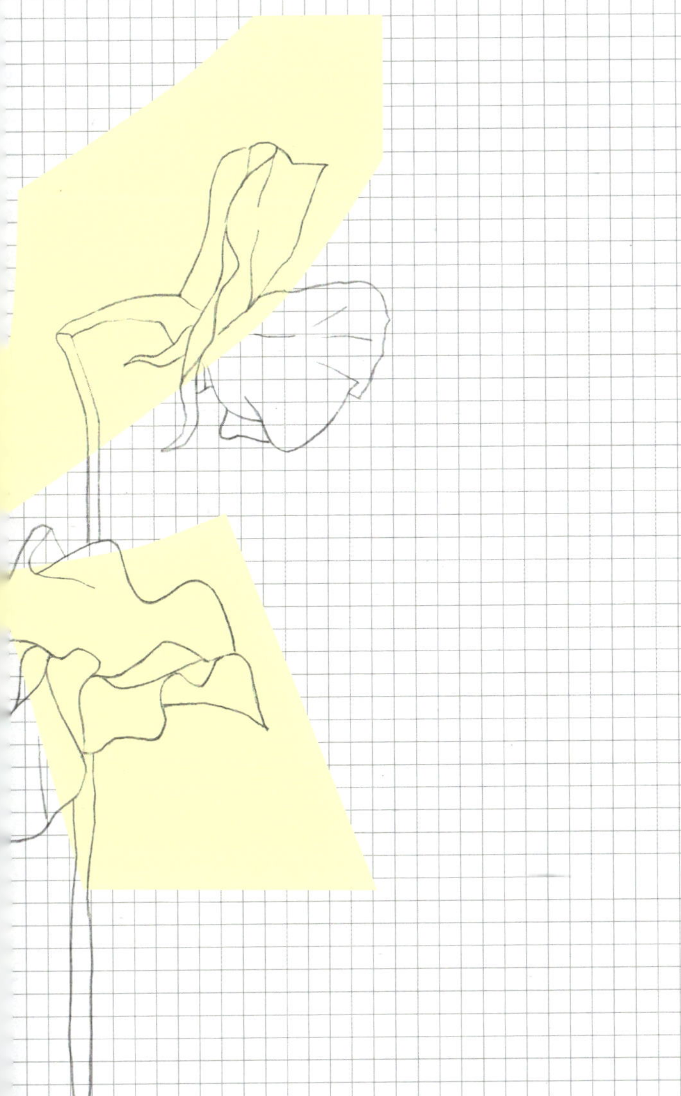

**January** ☐ **February** ☐ **March** ☐ **April** ☐ **May** ☐ **June** ☐ **July** ☐ **August** ☐ **September** ☐ **October** ☐ **November** ☐ **December** ☐

*Sunday* ☐ *Monday* ☐ *Tuesday* ☐ *Wednesday* ☐ *Thursday* ☐ *Friday* ☐ *Saturday* ☐

*1* ☐ *2* ☐ *3* ☐ *4* ☐ *5* ☐ *6* ☐ *7* ☐ *8* ☐ *9* ☐ *10* ☐ *11* ☐ *12* ☐ *13* ☐ *14* ☐ *15* ☐ *16* ☐

*17* ☐ *18* ☐ *19* ☐ *20* ☐ *21* ☐ *22* ☐ *23* ☐ *24* ☐ *25* ☐ *26* ☐ *27* ☐ *28* ☐ *29* ☐ *30* ☐ *31* ☐

______________

**January** ☐ **February** ☐ **March** ☐ **April** ☐ **May** ☐ **June** ☐ **July** ☐ **August** ☐ **September** ☐ **October** ☐ **November** ☐ **December** ☐

*Sunday* ☐ *Monday* ☐ *Tuesday* ☐ *Wednesday* ☐ *Thursday* ☐ *Friday* ☐ *Saturday* ☐

*1* ☐ *2* ☐ *3* ☐ *4* ☐ *5* ☐ *6* ☐ *7* ☐ *8* ☐ *9* ☐ *10* ☐ *11* ☐ *12* ☐ *13* ☐ *14* ☐ *15* ☐ *16* ☐

*17* ☐ *18* ☐ *19* ☐ *20* ☐ *21* ☐ *22* ☐ *23* ☐ *24* ☐ *25* ☐ *26* ☐ *27* ☐ *28* ☐ *29* ☐ *30* ☐ *31* ☐

**January** ☐ **February** ☐ **March** ☐ **April** ☐ **May** ☐ **June** ☐ **July** ☐ **August** ☐ **September** ☐ **October** ☐ **November** ☐ **December** ☐

*Sunday* ☐ *Monday* ☐ *Tuesday* ☐ *Wednesday* ☐ *Thursday* ☐ *Friday* ☐ *Saturday* ☐

*1* ☐ *2* ☐ *3* ☐ *4* ☐ *5* ☐ *6* ☐ *7* ☐ *8* ☐ *9* ☐ *10* ☐ *11* ☐ *12* ☐ *13* ☐ *14* ☐ *15* ☐ *16* ☐

*17* ☐ *18* ☐ *19* ☐ *20* ☐ *21* ☐ *22* ☐ *23* ☐ *24* ☐ *25* ☐ *26* ☐ *27* ☐ *28* ☐ *29* ☐ *30* ☐ *31* ☐

______________

***Prelude to an Enchanting Evening***

*When you read of love, love's already gone;*

*When you read of spring, I've already started to shed off leaves*

**良宵引**

你读到爱时，爱已经不在

你读到春天，我已落叶纷飞

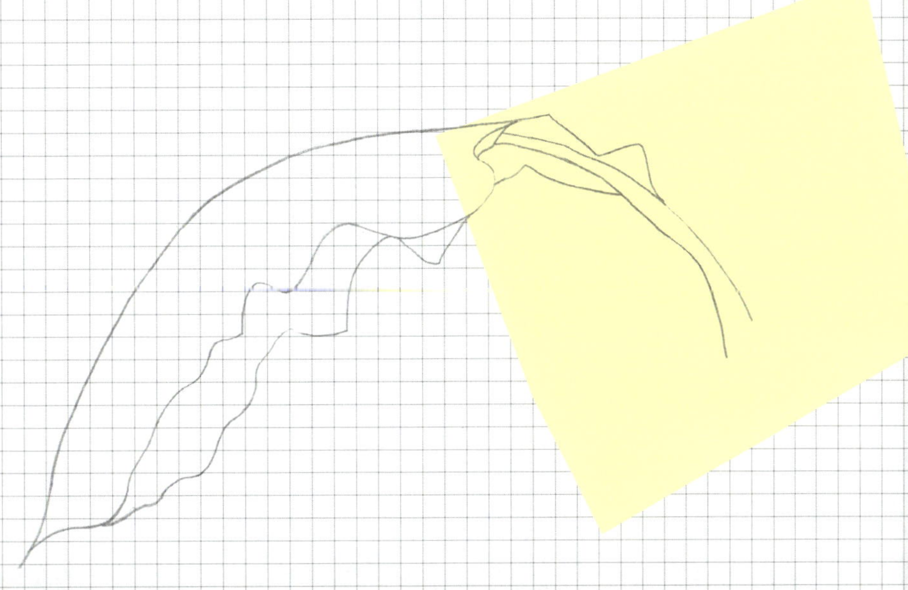

**January** ☐ **February** ☐ **March** ☐ **April** ☐ **May** ☐ **June** ☐ **July** ☐ **August** ☐ **September** ☐ **October** ☐ **November** ☐ **December** ☐

*Sunday* ☐ *Monday* ☐ *Tuesday* ☐ *Wednesday* ☐ *Thursday* ☐ *Friday* ☐ *Saturday* ☐

*1* ☐ *2* ☐ *3* ☐ *4* ☐ *5* ☐ *6* ☐ *7* ☐ *8* ☐ *9* ☐ *10* ☐ *11* ☐ *12* ☐ *13* ☐ *14* ☐ *15* ☐ *16* ☐

*17* ☐ *18* ☐ *19* ☐ *20* ☐ *21* ☐ *22* ☐ *23* ☐ *24* ☐ *25* ☐ *26* ☐ *27* ☐ *28* ☐ *29* ☐ *30* ☐ *31* ☐

______________

*The reading by one person and the writing by another person*
*Can be separated, sometimes by a cup of tea but, oftentimes, by life and death*

一个人的阅读，和另一个人的书写
有时隔着一杯茶，有时，隔着生死

**January** ☐ **February** ☐ **March** ☐ **April** ☐ **May** ☐ **June** ☐ **July** ☐ **August** ☐ **September** ☐ **October** ☐ **November** ☐ **December** ☐

*Sunday* ☐ *Monday* ☐ *Tuesday* ☐ *Wednesday* ☐ *Thursday* ☐ *Friday* ☐ *Saturday* ☐

*1* ☐ *2* ☐ *3* ☐ *4* ☐ *5* ☐ *6* ☐ *7* ☐ *8* ☐ *9* ☐ *10* ☐ *11* ☐ *12* ☐ *13* ☐ *14* ☐ *15* ☐ *16* ☐

*17* ☐ *18* ☐ *19* ☐ *20* ☐ *21* ☐ *22* ☐ *23* ☐ *24* ☐ *25* ☐ *26* ☐ *27* ☐ *28* ☐ *29* ☐ *30* ☐ *31* ☐

*I love my self when it is abridged; many people love the twigs*
*That I've cut off, until a miracle happens*
*And you catch up with me via the act of reading*

我喜欢删节后的自我，很多人爱着，我剪下的枝条

直到，奇迹出现了，你用阅读追上了我

**January** ☐ **February** ☐ **March** ☐ **April** ☐ **May** ☐ **June** ☐ **July** ☐ **August** ☐ **September** ☐ **October** ☐ **November** ☐ **December** ☐

*Sunday* ☐ *Monday* ☐ *Tuesday* ☐ *Wednesday* ☐ *Thursday* ☐ *Friday* ☐ *Saturday* ☐

*1* ☐ *2* ☐ *3* ☐ *4* ☐ *5* ☐ *6* ☐ *7* ☐ *8* ☐ *9* ☐ *10* ☐ *11* ☐ *12* ☐ *13* ☐ *14* ☐ *15* ☐ *16* ☐

*17* ☐ *18* ☐ *19* ☐ *20* ☐ *21* ☐ *22* ☐ *23* ☐ *24* ☐ *25* ☐ *26* ☐ *27* ☐ *28* ☐ *29* ☐ *30* ☐ *31* ☐

*You read of the silence of a grain of sand*

*Whereas I'm caught in the storm inside it*

你读到一粒沙的沉默

而我，置身于它里面的惊涛骇浪中

2016.4.10

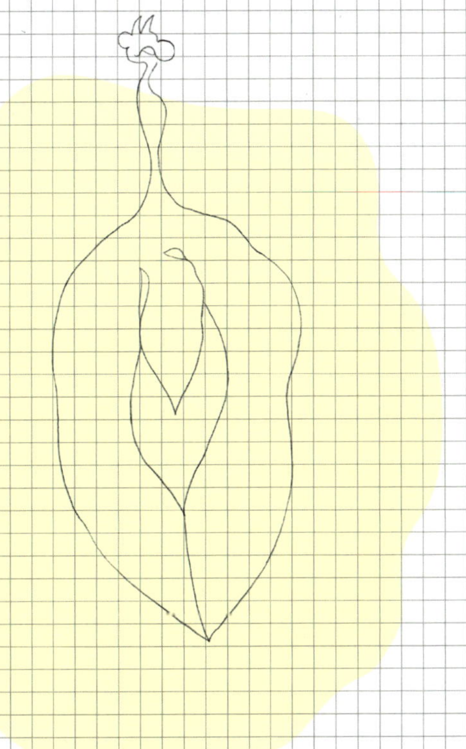

**January** ☐ **February** ☐ **March** ☐ **April** ☐ **May** ☐ **June** ☐ **July** ☐ **August** ☐ **September** ☐ **October** ☐ **November** ☐ **December** ☐

*Sunday* ☐ *Monday* ☐ *Tuesday* ☐ *Wednesday* ☐ *Thursday* ☐ *Friday* ☐ *Saturday* ☐

*1* ☐ *2* ☐ *3* ☐ *4* ☐ *5* ☐ *6* ☐ *7* ☐ *8* ☐ *9* ☐ *10* ☐ *11* ☐ *12* ☐ *13* ☐ *14* ☐ *15* ☐ *16* ☐

*17* ☐ *18* ☐ *19* ☐ *20* ☐ *21* ☐ *22* ☐ *23* ☐ *24* ☐ *25* ☐ *26* ☐ *27* ☐ *28* ☐ *29* ☐ *30* ☐ *31* ☐

**January** □ **February** □ **March** □ **April** □ **May** □ **June** □ **July** □ **August** □ **September** □ **October** □ **November** □ **December** □

*Sunday* □ *Monday* □ *Tuesday* □ *Wednesday* □ *Thursday* □ *Friday* □ *Saturday* □

*1* □ *2* □ *3* □ *4* □ *5* □ *6* □ *7* □ *8* □ *9* □ *10* □ *11* □ *12* □ *13* □ *14* □ *15* □ *16* □

*17* □ *18* □ *19* □ *20* □ *21* □ *22* □ *23* □ *24* □ *25* □ *26* □ *27* □ *28* □ *29* □ *30* □ *31* □

______________

**January** ☐ **February** ☐ **March** ☐ **April** ☐ **May** ☐ **June** ☐ **July** ☐ **August** ☐ **September** ☐ **October** ☐ **November** ☐ **December** ☐

*Sunday* ☐ *Monday* ☐ *Tuesday* ☐ *Wednesday* ☐ *Thursday* ☐ *Friday* ☐ *Saturday* ☐

*1* ☐ *2* ☐ *3* ☐ *4* ☐ *5* ☐ *6* ☐ *7* ☐ *8* ☐ *9* ☐ *10* ☐ *11* ☐ *12* ☐ *13* ☐ *14* ☐ *15* ☐ *16* ☐

*17* ☐ *18* ☐ *19* ☐ *20* ☐ *21* ☐ *22* ☐ *23* ☐ *24* ☐ *25* ☐ *26* ☐ *27* ☐ *28* ☐ *29* ☐ *30* ☐ *31* ☐

**January** ☐ **February** ☐ **March** ☐ **April** ☐ **May** ☐ **June** ☐ **July** ☐ **August** ☐ **September** ☐ **October** ☐ **November** ☐ **December** ☐

*Sunday* ☐ *Monday* ☐ *Tuesday* ☐ *Wednesday* ☐ *Thursday* ☐ *Friday* ☐ *Saturday* ☐

*1* ☐ *2* ☐ *3* ☐ *4* ☐ *5* ☐ *6* ☐ *7* ☐ *8* ☐ *9* ☐ *10* ☐ *11* ☐ *12* ☐ *13* ☐ *14* ☐ *15* ☐ *16* ☐

*17* ☐ *18* ☐ *19* ☐ *20* ☐ *21* ☐ *22* ☐ *23* ☐ *24* ☐ *25* ☐ *26* ☐ *27* ☐ *28* ☐ *29* ☐ *30* ☐ *31* ☐

**January** ☐ **February** ☐ **March** ☐ **April** ☐ **May** ☐ **June** ☐ **July** ☐ **August** ☐ **September** ☐ **October** ☐ **November** ☐ **December** ☐

*Sunday* ☐ *Monday* ☐ *Tuesday* ☐ *Wednesday* ☐ *Thursday* ☐ *Friday* ☐ *Saturday* ☐

*1* ☐ *2* ☐ *3* ☐ *4* ☐ *5* ☐ *6* ☐ *7* ☐ *8* ☐ *9* ☐ *10* ☐ *11* ☐ *12* ☐ *13* ☐ *14* ☐ *15* ☐ *16* ☐

*17* ☐ *18* ☐ *19* ☐ *20* ☐ *21* ☐ *22* ☐ *23* ☐ *24* ☐ *25* ☐ *26* ☐ *27* ☐ *28* ☐ *29* ☐ *30* ☐ *31* ☐

**January** ☐ **February** ☐ **March** ☐ **April** ☐ **May** ☐ **June** ☐ **July** ☐ **August** ☐ **September** ☐ **October** ☐ **November** ☐ **December** ☐

*Sunday* ☐ *Monday* ☐ *Tuesday* ☐ *Wednesday* ☐ *Thursday* ☐ *Friday* ☐ *Saturday* ☐

*1* ☐ *2* ☐ *3* ☐ *4* ☐ *5* ☐ *6* ☐ *7* ☐ *8* ☐ *9* ☐ *10* ☐ *11* ☐ *12* ☐ *13* ☐ *14* ☐ *15* ☐ *16* ☐

*17* ☐ *18* ☐ *19* ☐ *20* ☐ *21* ☐ *22* ☐ *23* ☐ *24* ☐ *25* ☐ *26* ☐ *27* ☐ *28* ☐ *29* ☐ *30* ☐ *31* ☐

**January** ☐ **February** ☐ **March** ☐ **April** ☐ **May** ☐ **June** ☐ **July** ☐ **August** ☐ **September** ☐ **October** ☐ **November** ☐ **December** ☐

*Sunday* ☐ *Monday* ☐ *Tuesday* ☐ *Wednesday* ☐ *Thursday* ☐ *Friday* ☐ *Saturday* ☐

*1* ☐ *2* ☐ *3* ☐ *4* ☐ *5* ☐ *6* ☐ *7* ☐ *8* ☐ *9* ☐ *10* ☐ *11* ☐ *12* ☐ *13* ☐ *14* ☐ *15* ☐ *16* ☐

*17* ☐ *18* ☐ *19* ☐ *20* ☐ *21* ☐ *22* ☐ *23* ☐ *24* ☐ *25* ☐ *26* ☐ *27* ☐ *28* ☐ *29* ☐ *30* ☐ *31* ☐

秋
Autumn

**January** ☐ **February** ☐ **March** ☐ **April** ☐ **May** ☐ **June** ☐ **July** ☐ **August** ☐ **September** ☐ **October** ☐ **November** ☐ **December** ☐

*Sunday* ☐ *Monday* ☐ *Tuesday* ☐ *Wednesday* ☐ *Thursday* ☐ *Friday* ☐ *Saturday* ☐

*1* ☐ *2* ☐ *3* ☐ *4* ☐ *5* ☐ *6* ☐ *7* ☐ *8* ☐ *9* ☐ *10* ☐ *11* ☐ *12* ☐ *13* ☐ *14* ☐ *15* ☐ *16* ☐

*17* ☐ *18* ☐ *19* ☐ *20* ☐ *21* ☐ *22* ☐ *23* ☐ *24* ☐ *25* ☐ *26* ☐ *27* ☐ *28* ☐ *29* ☐ *30* ☐ *31* ☐

## ***Musings in the Twilight***

*Discarding its flowery life, the petunia withers*
*Until it turns into seeds*
*I took off my shoes in dumbness, tearing off the routes*
*I've traveled the whole day, to be in full blossom in dreams*

扔掉怒放的一生，牵牛枯萎直到成为种子

我麻木地脱鞋，撕下一天的路，去梦中盛开

**January** ☐ **February** ☐ **March** ☐ **April** ☐ **May** ☐ **June** ☐ **July** ☐ **August** ☐ **September** ☐ **October** ☐ **November** ☐ **December** ☐

*Sunday* ☐ *Monday* ☐ *Tuesday* ☐ *Wednesday* ☐ *Thursday* ☐ *Friday* ☐ *Saturday* ☐

*1* ☐ *2* ☐ *3* ☐ *4* ☐ *5* ☐ *6* ☐ *7* ☐ *8* ☐ *9* ☐ *10* ☐ *11* ☐ *12* ☐ *13* ☐ *14* ☐ *15* ☐ *16* ☐

*17* ☐ *18* ☐ *19* ☐ *20* ☐ *21* ☐ *22* ☐ *23* ☐ *24* ☐ *25* ☐ *26* ☐ *27* ☐ *28* ☐ *29* ☐ *30* ☐ *31* ☐

它们飞过我窗前，一团花四肢紧抱，不想醒来

我得起床，给自己加油，重新穿上这凌乱的人间

*They dash off outside my window, a cluster of flowers holding their limbs together tight, refusing to be awake*

*But I must get up, to energize myself, and clad myself once again*

*With this human world in disorder*

**January** ☐ **February** ☐ **March** ☐ **April** ☐ **May** ☐ **June** ☐ **July** ☐ **August** ☐ **September** ☐ **October** ☐ **November** ☐ **December** ☐

*Sunday* ☐ *Monday* ☐ *Tuesday* ☐ *Wednesday* ☐ *Thursday* ☐ *Friday* ☐ *Saturday* ☐

*1* ☐ *2* ☐ *3* ☐ *4* ☐ *5* ☐ *6* ☐ *7* ☐ *8* ☐ *9* ☐ *10* ☐ *11* ☐ *12* ☐ *13* ☐ *14* ☐ *15* ☐ *16* ☐

*17* ☐ *18* ☐ *19* ☐ *20* ☐ *21* ☐ *22* ☐ *23* ☐ *24* ☐ *25* ☐ *26* ☐ *27* ☐ *28* ☐ *29* ☐ *30* ☐ *31* ☐

我想起初夏，一直喜欢倒过来看它们——

天空垂下开花的旋梯。现在，只有一杯酒倒过来看着我

*I think of the days of early summer, loving to stare at them*
*Upside down—a flight of spiral stairs suspended high above*
*From the sky, and adorned with flowers. But, now, only a cup of wine*
*Stares at me upside down*

**January** ☐ **February** ☐ **March** ☐ **April** ☐ **May** ☐ **June** ☐ **July** ☐ **August** ☐ **September** ☐ **October** ☐ **November** ☐ **December** ☐

*Sunday* ☐ *Monday* ☐ *Tuesday* ☐ *Wednesday* ☐ *Thursday* ☐ *Friday* ☐ *Saturday* ☐

*1* ☐ *2* ☐ *3* ☐ *4* ☐ *5* ☐ *6* ☐ *7* ☐ *8* ☐ *9* ☐ *10* ☐ *11* ☐ *12* ☐ *13* ☐ *14* ☐ *15* ☐ *16* ☐

*17* ☐ *18* ☐ *19* ☐ *20* ☐ *21* ☐ *22* ☐ *23* ☐ *24* ☐ *25* ☐ *26* ☐ *27* ☐ *28* ☐ *29* ☐ *30* ☐ *31* ☐

像两条前程莫测的河流，我们交错，在世界的画稿里

睡熟后，轮到它旅行，我在旋梯上倾倒颜料

2015.7.24

*We converge, like two streams with uncertain futures,*

*In the sketchbook of the world. After falling fast asleep, it is its turn*

*To embark on a journey, and I'm in charge of pouring out the pigment*

*On that flight of spiral stairs*

**January** ☐ **February** ☐ **March** ☐ **April** ☐ **May** ☐ **June** ☐ **July** ☐ **August** ☐ **September** ☐ **October** ☐ **November** ☐ **December** ☐

*Sunday* ☐ *Monday* ☐ *Tuesday* ☐ *Wednesday* ☐ *Thursday* ☐ *Friday* ☐ *Saturday* ☐

*1* ☐ *2* ☐ *3* ☐ *4* ☐ *5* ☐ *6* ☐ *7* ☐ *8* ☐ *9* ☐ *10* ☐ *11* ☐ *12* ☐ *13* ☐ *14* ☐ *15* ☐ *16* ☐

*17* ☐ *18* ☐ *19* ☐ *20* ☐ *21* ☐ *22* ☐ *23* ☐ *24* ☐ *25* ☐ *26* ☐ *27* ☐ *28* ☐ *29* ☐ *30* ☐ *31* ☐

**January** ☐ **February** ☐ **March** ☐ **April** ☐ **May** ☐ **June** ☐ **July** ☐ **August** ☐ **September** ☐ **October** ☐ **November** ☐ **December** ☐

*Sunday* ☐ *Monday* ☐ *Tuesday* ☐ *Wednesday* ☐ *Thursday* ☐ *Friday* ☐ *Saturday* ☐

*1* ☐ *2* ☐ *3* ☐ *4* ☐ *5* ☐ *6* ☐ *7* ☐ *8* ☐ *9* ☐ *10* ☐ *11* ☐ *12* ☐ *13* ☐ *14* ☐ *15* ☐ *16* ☐

*17* ☐ *18* ☐ *19* ☐ *20* ☐ *21* ☐ *22* ☐ *23* ☐ *24* ☐ *25* ☐ *26* ☐ *27* ☐ *28* ☐ *29* ☐ *30* ☐ *31* ☐

**January** ☐ **February** ☐ **March** ☐ **April** ☐ **May** ☐ **June** ☐ **July** ☐ **August** ☐ **September** ☐ **October** ☐ **November** ☐ **December** ☐

*Sunday* ☐ *Monday* ☐ *Tuesday* ☐ *Wednesday* ☐ *Thursday* ☐ *Friday* ☐ *Saturday* ☐

*1* ☐ *2* ☐ *3* ☐ *4* ☐ *5* ☐ *6* ☐ *7* ☐ *8* ☐ *9* ☐ *10* ☐ *11* ☐ *12* ☐ *13* ☐ *14* ☐ *15* ☐ *16* ☐

*17* ☐ *18* ☐ *19* ☐ *20* ☐ *21* ☐ *22* ☐ *23* ☐ *24* ☐ *25* ☐ *26* ☐ *27* ☐ *28* ☐ *29* ☐ *30* ☐ *31* ☐

### *By the Lake*

*For a person sitting by the side of the lake*
*What else can evoke his envy in this world?*

### 对湖

一个坐在湖边的人

这世上，还有什么能让他羡慕

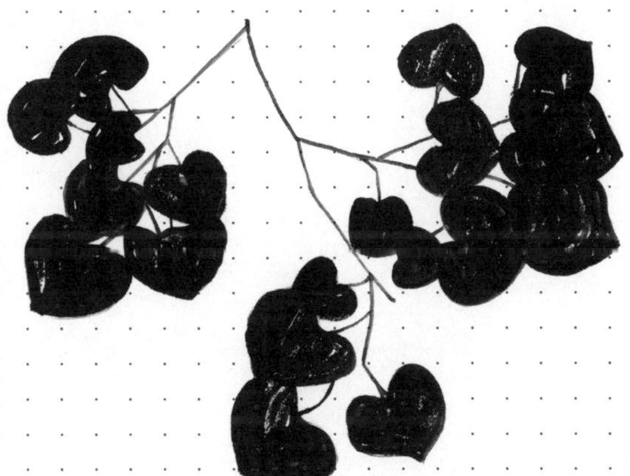

**January** ☐ **February** ☐ **March** ☐ **April** ☐ **May** ☐ **June** ☐ **July** ☐ **August** ☐ **September** ☐ **October** ☐ **November** ☐ **December** ☐

*Sunday* ☐ *Monday* ☐ *Tuesday* ☐ *Wednesday* ☐ *Thursday* ☐ *Friday* ☐ *Saturday* ☐

*1* ☐ *2* ☐ *3* ☐ *4* ☐ *5* ☐ *6* ☐ *7* ☐ *8* ☐ *9* ☐ *10* ☐ *11* ☐ *12* ☐ *13* ☐ *14* ☐ *15* ☐ *16* ☐

*17* ☐ *18* ☐ *19* ☐ *20* ☐ *21* ☐ *22* ☐ *23* ☐ *24* ☐ *25* ☐ *26* ☐ *27* ☐ *28* ☐ *29* ☐ *30* ☐ *31* ☐

*The reeds bear resemblance to the life he once lived;*
*As orderly and elegant as the graceful calligraphy*
*But the blowing of winds make them messy and chaotic*

芦苇像他曾经的生活
规矩而仔细的仿宋，风一吹
成了凌乱难堪的草书

**January** ☐ **February** ☐ **March** ☐ **April** ☐ **May** ☐ **June** ☐ **July** ☐ **August** ☐ **September** ☐ **October** ☐ **November** ☐ **December** ☐

*Sunday* ☐ *Monday* ☐ *Tuesday* ☐ *Wednesday* ☐ *Thursday* ☐ *Friday* ☐ *Saturday* ☐

*1* ☐ *2* ☐ *3* ☐ *4* ☐ *5* ☐ *6* ☐ *7* ☐ *8* ☐ *9* ☐ *10* ☐ *11* ☐ *12* ☐ *13* ☐ *14* ☐ *15* ☐ *16* ☐

*17* ☐ *18* ☐ *19* ☐ *20* ☐ *21* ☐ *22* ☐ *23* ☐ *24* ☐ *25* ☐ *26* ☐ *27* ☐ *28* ☐ *29* ☐ *30* ☐ *31* ☐

*The lake water bears resemblance to the life he once lived*
*Lines after lines of glass houses, swaying from side to side,*
*Even after so many years, each room that accommodated him*
*Still keeps shivering in the dark for no apparent reasons*

湖水也像他曾经的生活
一排排玻璃房子，摇晃着
这么多年了，他住过的每一间
仍在黑暗中莫名战栗

**January** ☐ **February** ☐ **March** ☐ **April** ☐ **May** ☐ **June** ☐ **July** ☐ **August** ☐ **September** ☐ **October** ☐ **November** ☐ **December** ☐

*Sunday* ☐ *Monday* ☐ *Tuesday* ☐ *Wednesday* ☐ *Thursday* ☐ *Friday* ☐ *Saturday* ☐

*1* ☐ *2* ☐ *3* ☐ *4* ☐ *5* ☐ *6* ☐ *7* ☐ *8* ☐ *9* ☐ *10* ☐ *11* ☐ *12* ☐ *13* ☐ *14* ☐ *15* ☐ *16* ☐

*17* ☐ *18* ☐ *19* ☐ *20* ☐ *21* ☐ *22* ☐ *23* ☐ *24* ☐ *25* ☐ *26* ☐ *27* ☐ *28* ☐ *29* ☐ *30* ☐ *31* ☐

*Let it be, he said with a smile*
*As if talking to himself in monologue*

就这样吧，他微笑着说

像是自言自语

**January** ☐ **February** ☐ **March** ☐ **April** ☐ **May** ☐ **June** ☐ **July** ☐ **August** ☐ **September** ☐ **October** ☐ **November** ☐ **December** ☐

*Sunday* ☐ *Monday* ☐ *Tuesday* ☐ *Wednesday* ☐ *Thursday* ☐ *Friday* ☐ *Saturday* ☐

*1* ☐ *2* ☐ *3* ☐ *4* ☐ *5* ☐ *6* ☐ *7* ☐ *8* ☐ *9* ☐ *10* ☐ *11* ☐ *12* ☐ *13* ☐ *14* ☐ *15* ☐ *16* ☐

*17* ☐ *18* ☐ *19* ☐ *20* ☐ *21* ☐ *22* ☐ *23* ☐ *24* ☐ *25* ☐ *26* ☐ *27* ☐ *28* ☐ *29* ☐ *30* ☐ *31* ☐

*A building reduced to debris is gilded in the setting sun*

*But for no more than one evening*

*He dismisses all the reeds and the water of the vast lake*

*Out of his mind*

一座废墟夕阳中镀金

仅仅一个傍晚

他便放下了万顷芦苇和湖水

2015.6.14

**January** ☐ **February** ☐ **March** ☐ **April** ☐ **May** ☐ **June** ☐ **July** ☐ **August** ☐ **September** ☐ **October** ☐ **November** ☐ **December** ☐

*Sunday* ☐ *Monday* ☐ *Tuesday* ☐ *Wednesday* ☐ *Thursday* ☐ *Friday* ☐ *Saturday* ☐

*1* ☐ *2* ☐ *3* ☐ *4* ☐ *5* ☐ *6* ☐ *7* ☐ *8* ☐ *9* ☐ *10* ☐ *11* ☐ *12* ☐ *13* ☐ *14* ☐ *15* ☐ *16* ☐

*17* ☐ *18* ☐ *19* ☐ *20* ☐ *21* ☐ *22* ☐ *23* ☐ *24* ☐ *25* ☐ *26* ☐ *27* ☐ *28* ☐ *29* ☐ *30* ☐ *31* ☐

**January** ☐ **February** ☐ **March** ☐ **April** ☐ **May** ☐ **June** ☐ **July** ☐ **August** ☐ **September** ☐ **October** ☐ **November** ☐ **December** ☐

*Sunday* ☐ *Monday* ☐ *Tuesday* ☐ *Wednesday* ☐ *Thursday* ☐ *Friday* ☐ *Saturday* ☐

*1* ☐ *2* ☐ *3* ☐ *4* ☐ *5* ☐ *6* ☐ *7* ☐ *8* ☐ *9* ☐ *10* ☐ *11* ☐ *12* ☐ *13* ☐ *14* ☐ *15* ☐ *16* ☐

*17* ☐ *18* ☐ *19* ☐ *20* ☐ *21* ☐ *22* ☐ *23* ☐ *24* ☐ *25* ☐ *26* ☐ *27* ☐ *28* ☐ *29* ☐ *30* ☐ *31* ☐

**January** ☐ **February** ☐ **March** ☐ **April** ☐ **May** ☐ **June** ☐ **July** ☐ **August** ☐ **September** ☐ **October** ☐ **November** ☐ **December** ☐

*Sunday* ☐ *Monday* ☐ *Tuesday* ☐ *Wednesday* ☐ *Thursday* ☐ *Friday* ☐ *Saturday* ☐

*1* ☐ *2* ☐ *3* ☐ *4* ☐ *5* ☐ *6* ☐ *7* ☐ *8* ☐ *9* ☐ *10* ☐ *11* ☐ *12* ☐ *13* ☐ *14* ☐ *15* ☐ *16* ☐

*17* ☐ *18* ☐ *19* ☐ *20* ☐ *21* ☐ *22* ☐ *23* ☐ *24* ☐ *25* ☐ *26* ☐ *27* ☐ *28* ☐ *29* ☐ *30* ☐ *31* ☐

## *The Marks in the Autumn Wind* 秋风里的刻度

*A blank piece of paper, a new-born baby,*

*Always making me squint my eyes—*

白纸，刚出生的婴儿

总是会让我微微眯眼——

**January** ☐ **February** ☐ **March** ☐ **April** ☐ **May** ☐ **June** ☐ **July** ☐ **August** ☐ **September** ☐ **October** ☐ **November** ☐ **December** ☐

*Sunday* ☐ *Monday* ☐ *Tuesday* ☐ *Wednesday* ☐ *Thursday* ☐ *Friday* ☐ *Saturday* ☐

*1* ☐ *2* ☐ *3* ☐ *4* ☐ *5* ☐ *6* ☐ *7* ☐ *8* ☐ *9* ☐ *10* ☐ *11* ☐ *12* ☐ *13* ☐ *14* ☐ *15* ☐ *16* ☐

*17* ☐ *18* ☐ *19* ☐ *20* ☐ *21* ☐ *22* ☐ *23* ☐ *24* ☐ *25* ☐ *26* ☐ *27* ☐ *28* ☐ *29* ☐ *30* ☐ *31* ☐

*The things untainted by this earthly world*
*Seem to be some kind of dazzling beams;*

未经世间涂抹的事物
仿佛某种强烈的光线

**January** ☐ **February** ☐ **March** ☐ **April** ☐ **May** ☐ **June** ☐ **July** ☐ **August** ☐ **September** ☐ **October** ☐ **November** ☐ **December** ☐

*Sunday* ☐ *Monday* ☐ *Tuesday* ☐ *Wednesday* ☐ *Thursday* ☐ *Friday* ☐ *Saturday* ☐

*1* ☐ *2* ☐ *3* ☐ *4* ☐ *5* ☐ *6* ☐ *7* ☐ *8* ☐ *9* ☐ *10* ☐ *11* ☐ *12* ☐ *13* ☐ *14* ☐ *15* ☐ *16* ☐

*17* ☐ *18* ☐ *19* ☐ *20* ☐ *21* ☐ *22* ☐ *23* ☐ *24* ☐ *25* ☐ *26* ☐ *27* ☐ *28* ☐ *29* ☐ *30* ☐ *31* ☐

---

*And the gravestone, whether standing in withered grasses*
*Or in clusters of flowers*
*Is more like the back cover of a book*

而墓碑，不管立于衰草还是鲜花中

更像是一本书的封底

**January** ☐ **February** ☐ **March** ☐ **April** ☐ **May** ☐ **June** ☐ **July** ☐ **August** ☐ **September** ☐ **October** ☐ **November** ☐ **December** ☐

*Sunday* ☐ *Monday* ☐ *Tuesday* ☐ *Wednesday* ☐ *Thursday* ☐ *Friday* ☐ *Saturday* ☐

*1* ☐ *2* ☐ *3* ☐ *4* ☐ *5* ☐ *6* ☐ *7* ☐ *8* ☐ *9* ☐ *10* ☐ *11* ☐ *12* ☐ *13* ☐ *14* ☐ *15* ☐ *16* ☐

*17* ☐ *18* ☐ *19* ☐ *20* ☐ *21* ☐ *22* ☐ *23* ☐ *24* ☐ *25* ☐ *26* ☐ *27* ☐ *28* ☐ *29* ☐ *30* ☐ *31* ☐

*Impossible to read, though it keeps people as curious as ever;*

*The only thing that's certain is that all that has happened*

仿佛意犹未尽，但是无从阅读

唯一确信的是，一切发生的

**January** ☐ **February** ☐ **March** ☐ **April** ☐ **May** ☐ **June** ☐ **July** ☐ **August** ☐ **September** ☐ **October** ☐ **November** ☐ **December** ☐

*Sunday* ☐ *Monday* ☐ *Tuesday* ☐ *Wednesday* ☐ *Thursday* ☐ *Friday* ☐ *Saturday* ☐

*1* ☐ *2* ☐ *3* ☐ *4* ☐ *5* ☐ *6* ☐ *7* ☐ *8* ☐ *9* ☐ *10* ☐ *11* ☐ *12* ☐ *13* ☐ *14* ☐ *15* ☐ *16* ☐

*17* ☐ *18* ☐ *19* ☐ *20* ☐ *21* ☐ *22* ☐ *23* ☐ *24* ☐ *25* ☐ *26* ☐ *27* ☐ *28* ☐ *29* ☐ *30* ☐ *31* ☐

*Has all been committed to the blank paper simultaneously;*

*The world measures him on its own scales*

都在白纸上同时写下

世间以它的尺度，丈量着他

**January** ☐ **February** ☐ **March** ☐ **April** ☐ **May** ☐ **June** ☐ **July** ☐ **August** ☐ **September** ☐ **October** ☐ **November** ☐ **December** ☐

*Sunday* ☐ *Monday* ☐ *Tuesday* ☐ *Wednesday* ☐ *Thursday* ☐ *Friday* ☐ *Saturday* ☐

*1* ☐ *2* ☐ *3* ☐ *4* ☐ *5* ☐ *6* ☐ *7* ☐ *8* ☐ *9* ☐ *10* ☐ *11* ☐ *12* ☐ *13* ☐ *14* ☐ *15* ☐ *16* ☐

*17* ☐ *18* ☐ *19* ☐ *20* ☐ *21* ☐ *22* ☐ *23* ☐ *24* ☐ *25* ☐ *26* ☐ *27* ☐ *28* ☐ *29* ☐ *30* ☐ *31* ☐

*Just as he measures the world on his own scales*

*Human bodies are prevented from becoming futile*

他也以自己的尺度，丈量着世间

我们的肉体免于无用

**January** ☐ **February** ☐ **March** ☐ **April** ☐ **May** ☐ **June** ☐ **July** ☐ **August** ☐ **September** ☐ **October** ☐ **November** ☐ **December** ☐

*Sunday* ☐ *Monday* ☐ *Tuesday* ☐ *Wednesday* ☐ *Thursday* ☐ *Friday* ☐ *Saturday* ☐

*1* ☐ *2* ☐ *3* ☐ *4* ☐ *5* ☐ *6* ☐ *7* ☐ *8* ☐ *9* ☐ *10* ☐ *11* ☐ *12* ☐ *13* ☐ *14* ☐ *15* ☐ *16* ☐

*17* ☐ *18* ☐ *19* ☐ *20* ☐ *21* ☐ *22* ☐ *23* ☐ *24* ☐ *25* ☐ *26* ☐ *27* ☐ *28* ☐ *29* ☐ *30* ☐ *31* ☐

*How could things be immortal except that they serve merely*

*As the marks in the autumn wind*

万物何曾不朽，只是秋风里的刻度

2016.3.2

**January** ☐ **February** ☐ **March** ☐ **April** ☐ **May** ☐ **June** ☐ **July** ☐ **August** ☐ **September** ☐ **October** ☐ **November** ☐ **December** ☐

*Sunday* ☐ *Monday* ☐ *Tuesday* ☐ *Wednesday* ☐ *Thursday* ☐ *Friday* ☐ *Saturday* ☐

*1* ☐ *2* ☐ *3* ☐ *4* ☐ *5* ☐ *6* ☐ *7* ☐ *8* ☐ *9* ☐ *10* ☐ *11* ☐ *12* ☐ *13* ☐ *14* ☐ *15* ☐ *16* ☐

*17* ☐ *18* ☐ *19* ☐ *20* ☐ *21* ☐ *22* ☐ *23* ☐ *24* ☐ *25* ☐ *26* ☐ *27* ☐ *28* ☐ *29* ☐ *30* ☐ *31* ☐

**January** ☐ **February** ☐ **March** ☐ **April** ☐ **May** ☐ **June** ☐ **July** ☐ **August** ☐ **September** ☐ **October** ☐ **November** ☐ **December** ☐

*Sunday* ☐ *Monday* ☐ *Tuesday* ☐ *Wednesday* ☐ *Thursday* ☐ *Friday* ☐ *Saturday* ☐

*1* ☐ *2* ☐ *3* ☐ *4* ☐ *5* ☐ *6* ☐ *7* ☐ *8* ☐ *9* ☐ *10* ☐ *11* ☐ *12* ☐ *13* ☐ *14* ☐ *15* ☐ *16* ☐

*17* ☐ *18* ☐ *19* ☐ *20* ☐ *21* ☐ *22* ☐ *23* ☐ *24* ☐ *25* ☐ *26* ☐ *27* ☐ *28* ☐ *29* ☐ *30* ☐ *31* ☐

**January** ☐ **February** ☐ **March** ☐ **April** ☐ **May** ☐ **June** ☐ **July** ☐ **August** ☐ **September** ☐ **October** ☐ **November** ☐ **December** ☐

*Sunday* ☐ *Monday* ☐ *Tuesday* ☐ *Wednesday* ☐ *Thursday* ☐ *Friday* ☐ *Saturday* ☐

*1* ☐ *2* ☐ *3* ☐ *4* ☐ *5* ☐ *6* ☐ *7* ☐ *8* ☐ *9* ☐ *10* ☐ *11* ☐ *12* ☐ *13* ☐ *14* ☐ *15* ☐ *16* ☐

*17* ☐ *18* ☐ *19* ☐ *20* ☐ *21* ☐ *22* ☐ *23* ☐ *24* ☐ *25* ☐ *26* ☐ *27* ☐ *28* ☐ *29* ☐ *30* ☐ *31* ☐

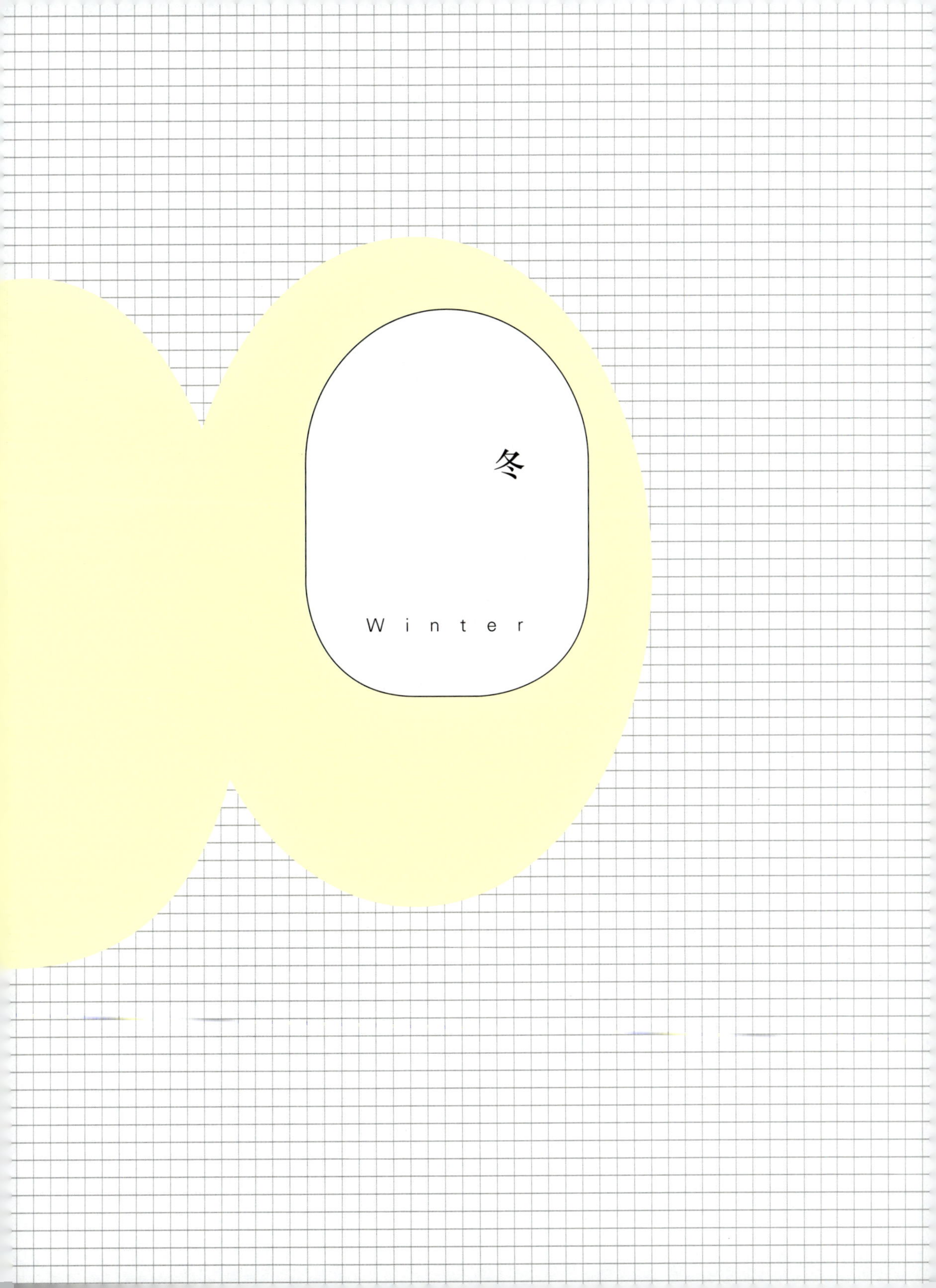
冬
Winter

**January** ☐ **February** ☐ **March** ☐ **April** ☐ **May** ☐ **June** ☐ **July** ☐ **August** ☐ **September** ☐ **October** ☐ **November** ☐ **December** ☐

*Sunday* ☐ *Monday* ☐ *Tuesday* ☐ *Wednesday* ☐ *Thursday* ☐ *Friday* ☐ *Saturday* ☐

*1* ☐ *2* ☐ *3* ☐ *4* ☐ *5* ☐ *6* ☐ *7* ☐ *8* ☐ *9* ☐ *10* ☐ *11* ☐ *12* ☐ *13* ☐ *14* ☐ *15* ☐ *16* ☐

*17* ☐ *18* ☐ *19* ☐ *20* ☐ *21* ☐ *22* ☐ *23* ☐ *24* ☐ *25* ☐ *26* ☐ *27* ☐ *28* ☐ *29* ☐ *30* ☐ *31* ☐

### *A Gardner's Notes*

*The sunflower says, in the spring I was just a single seedling,*
*But now I'm divided by you into nine plants*
*I wonder if we're siblings, or only one aggregate ego?*

### 园丁笔记

太阳花说，春天我才一株，现在被你分成了九株

不知道我们算姐妹，还是整体算同一个我？

**January** ☐ **February** ☐ **March** ☐ **April** ☐ **May** ☐ **June** ☐ **July** ☐ **August** ☐ **September** ☐ **October** ☐ **November** ☐ **December** ☐

*Sunday* ☐ *Monday* ☐ *Tuesday* ☐ *Wednesday* ☐ *Thursday* ☐ *Friday* ☐ *Saturday* ☐

*1* ☐ *2* ☐ *3* ☐ *4* ☐ *5* ☐ *6* ☐ *7* ☐ *8* ☐ *9* ☐ *10* ☐ *11* ☐ *12* ☐ *13* ☐ *14* ☐ *15* ☐ *16* ☐

*17* ☐ *18* ☐ *19* ☐ *20* ☐ *21* ☐ *22* ☐ *23* ☐ *24* ☐ *25* ☐ *26* ☐ *27* ☐ *28* ☐ *29* ☐ *30* ☐ *31* ☐

*The mint says, we're different workshops of the same master*
*Producing spices generation after generation, without knowing*
*The name of our master*

薄荷说，我们只是同一个主人的不同车间

世世代代生产香料，却不知道主人的名字

**January** ☐ **February** ☐ **March** ☐ **April** ☐ **May** ☐ **June** ☐ **July** ☐ **August** ☐ **September** ☐ **October** ☐ **November** ☐ **December** ☐

*Sunday* ☐ *Monday* ☐ *Tuesday* ☐ *Wednesday* ☐ *Thursday* ☐ *Friday* ☐ *Saturday* ☐

*1* ☐ *2* ☐ *3* ☐ *4* ☐ *5* ☐ *6* ☐ *7* ☐ *8* ☐ *9* ☐ *10* ☐ *11* ☐ *12* ☐ *13* ☐ *14* ☐ *15* ☐ *16* ☐

*17* ☐ *18* ☐ *19* ☐ *20* ☐ *21* ☐ *22* ☐ *23* ☐ *24* ☐ *25* ☐ *26* ☐ *27* ☐ *28* ☐ *29* ☐ *30* ☐ *31* ☐

*The stringy stonecrop says, we come from the same matrix,*
*So can I be included as part of the whole?*
*The lily says, I love to see you being made very decadent*

垂盆草说，来自同一个遥远母体，整体里面可否包含我？

百合花说，我喜欢看你被问得很颓废的样子

**January** ☐ **February** ☐ **March** ☐ **April** ☐ **May** ☐ **June** ☐ **July** ☐ **August** ☐ **September** ☐ **October** ☐ **November** ☐ **December** ☐

*Sunday* ☐ *Monday* ☐ *Tuesday* ☐ *Wednesday* ☐ *Thursday* ☐ *Friday* ☐ *Saturday* ☐

*1* ☐ *2* ☐ *3* ☐ *4* ☐ *5* ☐ *6* ☐ *7* ☐ *8* ☐ *9* ☐ *10* ☐ *11* ☐ *12* ☐ *13* ☐ *14* ☐ *15* ☐ *16* ☐

*17* ☐ *18* ☐ *19* ☐ *20* ☐ *21* ☐ *22* ☐ *23* ☐ *24* ☐ *25* ☐ *26* ☐ *27* ☐ *28* ☐ *29* ☐ *30* ☐ *31* ☐

*By overwhelming questions; and the winter sweet says,*

*Ask me not, for though I seem to be, in fact I'm already gone;*

*Once a year, I'll come back to see you in the coldest of the time*

蜡梅说，别问我，看起来我在，其实我早已离开

一年一度，最冷时候我才回来看看你

2015.7.25

**January** ☐ **February** ☐ **March** ☐ **April** ☐ **May** ☐ **June** ☐ **July** ☐ **August** ☐ **September** ☐ **October** ☐ **November** ☐ **December** ☐

*Sunday* ☐ *Monday* ☐ *Tuesday* ☐ *Wednesday* ☐ *Thursday* ☐ *Friday* ☐ *Saturday* ☐

*1* ☐ *2* ☐ *3* ☐ *4* ☐ *5* ☐ *6* ☐ *7* ☐ *8* ☐ *9* ☐ *10* ☐ *11* ☐ *12* ☐ *13* ☐ *14* ☐ *15* ☐ *16* ☐

*17* ☐ *18* ☐ *19* ☐ *20* ☐ *21* ☐ *22* ☐ *23* ☐ *24* ☐ *25* ☐ *26* ☐ *27* ☐ *28* ☐ *29* ☐ *30* ☐ *31* ☐

**January** ☐ **February** ☐ **March** ☐ **April** ☐ **May** ☐ **June** ☐ **July** ☐ **August** ☐ **September** ☐ **October** ☐ **November** ☐ **December** ☐

*Sunday* ☐ *Monday* ☐ *Tuesday* ☐ *Wednesday* ☐ *Thursday* ☐ *Friday* ☐ *Saturday* ☐

*1* ☐ *2* ☐ *3* ☐ *4* ☐ *5* ☐ *6* ☐ *7* ☐ *8* ☐ *9* ☐ *10* ☐ *11* ☐ *12* ☐ *13* ☐ *14* ☐ *15* ☐ *16* ☐

*17* ☐ *18* ☐ *19* ☐ *20* ☐ *21* ☐ *22* ☐ *23* ☐ *24* ☐ *25* ☐ *26* ☐ *27* ☐ *28* ☐ *29* ☐ *30* ☐ *31* ☐

**January** ☐ **February** ☐ **March** ☐ **April** ☐ **May** ☐ **June** ☐ **July** ☐ **August** ☐ **September** ☐ **October** ☐ **November** ☐ **December** ☐

*Sunday* ☐ *Monday* ☐ *Tuesday* ☐ *Wednesday* ☐ *Thursday* ☐ *Friday* ☐ *Saturday* ☐

*1* ☐ *2* ☐ *3* ☐ *4* ☐ *5* ☐ *6* ☐ *7* ☐ *8* ☐ *9* ☐ *10* ☐ *11* ☐ *12* ☐ *13* ☐ *14* ☐ *15* ☐ *16* ☐

*17* ☐ *18* ☐ *19* ☐ *20* ☐ *21* ☐ *22* ☐ *23* ☐ *24* ☐ *25* ☐ *26* ☐ *27* ☐ *28* ☐ *29* ☐ *30* ☐ *31* ☐

## *Life Astray* 终生误

*I pull out a huge expanse of lake water in a piece of paper*
*Or, lay down your reflections in a poem*

从纸上拉起一片湖水

或者，在一首诗里放下你的倒影

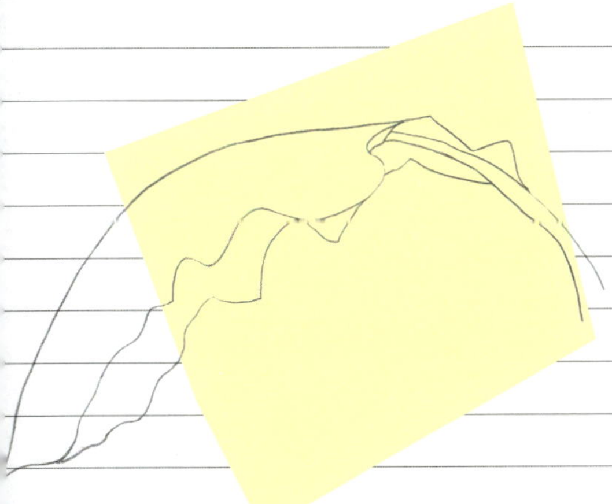

**January** ☐ **February** ☐ **March** ☐ **April** ☐ **May** ☐ **June** ☐ **July** ☐ **August** ☐ **September** ☐ **October** ☐ **November** ☐ **December** ☐

*Sunday* ☐ *Monday* ☐ *Tuesday* ☐ *Wednesday* ☐ *Thursday* ☐ *Friday* ☐ *Saturday* ☐

*1* ☐ *2* ☐ *3* ☐ *4* ☐ *5* ☐ *6* ☐ *7* ☐ *8* ☐ *9* ☐ *10* ☐ *11* ☐ *12* ☐ *13* ☐ *14* ☐ *15* ☐ *16* ☐

*17* ☐ *18* ☐ *19* ☐ *20* ☐ *21* ☐ *22* ☐ *23* ☐ *24* ☐ *25* ☐ *26* ☐ *27* ☐ *28* ☐ *29* ☐ *30* ☐ *31* ☐

*A drama, a web in the vast void,*

*Dragging in it a multitude of unfulfilled people of all ages*

一部剧，一张虚空中的网

拽着不同时代的失意人

**January** ☐ **February** ☐ **March** ☐ **April** ☐ **May** ☐ **June** ☐ **July** ☐ **August** ☐ **September** ☐ **October** ☐ **November** ☐ **December** ☐

*Sunday* ☐ *Monday* ☐ *Tuesday* ☐ *Wednesday* ☐ *Thursday* ☐ *Friday* ☐ *Saturday* ☐

*1* ☐ *2* ☐ *3* ☐ *4* ☐ *5* ☐ *6* ☐ *7* ☐ *8* ☐ *9* ☐ *10* ☐ *11* ☐ *12* ☐ *13* ☐ *14* ☐ *15* ☐ *16* ☐

*17* ☐ *18* ☐ *19* ☐ *20* ☐ *21* ☐ *22* ☐ *23* ☐ *24* ☐ *25* ☐ *26* ☐ *27* ☐ *28* ☐ *29* ☐ *30* ☐ *31* ☐

*Let's jump out of the bitter water of the lake*

*And have a new encounter, a new love and a new disappointment*

让我们跃出苦涩的湖水吧

经历又一次重逢、相爱和失之交臂

**January** □ **February** □ **March** □ **April** □ **May** □ **June** □ **July** □ **August** □ **September** □ **October** □ **November** □ **December** □

*Sunday* □ *Monday* □ *Tuesday* □ *Wednesday* □ *Thursday* □ *Friday* □ *Saturday* □

*1* □ *2* □ *3* □ *4* □ *5* □ *6* □ *7* □ *8* □ *9* □ *10* □ *11* □ *12* □ *13* □ *14* □ *15* □ *16* □

*17* □ *18* □ *19* □ *20* □ *21* □ *22* □ *23* □ *24* □ *25* □ *26* □ *27* □ *28* □ *29* □ *30* □ *31* □

*I keep wandering right here, trying hard in my heart*
*To keep the moon submerged in water, whereas over there*
*You wake up with a start, with flowers in full bloom in the mirror*

我在这厢徘徊，心头强按下水中月

你在那厢惊醒，镜中开满繁花

**January** ☐ **February** ☐ **March** ☐ **April** ☐ **May** ☐ **June** ☐ **July** ☐ **August** ☐ **September** ☐ **October** ☐ **November** ☐ **December** ☐

*Sunday* ☐ *Monday* ☐ *Tuesday* ☐ *Wednesday* ☐ *Thursday* ☐ *Friday* ☐ *Saturday* ☐

*1* ☐ *2* ☐ *3* ☐ *4* ☐ *5* ☐ *6* ☐ *7* ☐ *8* ☐ *9* ☐ *10* ☐ *11* ☐ *12* ☐ *13* ☐ *14* ☐ *15* ☐ *16* ☐

*17* ☐ *18* ☐ *19* ☐ *20* ☐ *21* ☐ *22* ☐ *23* ☐ *24* ☐ *25* ☐ *26* ☐ *27* ☐ *28* ☐ *29* ☐ *30* ☐ *31* ☐

*Life, it can fold us for only once,*

*But being astray, keeps us languished all the while*

生活，折叠我们只有一次

而它的错过反复消磨着我们

**January** ☐ **February** ☐ **March** ☐ **April** ☐ **May** ☐ **June** ☐ **July** ☐ **August** ☐ **September** ☐ **October** ☐ **November** ☐ **December** ☐

*Sunday* ☐ *Monday* ☐ *Tuesday* ☐ *Wednesday* ☐ *Thursday* ☐ *Friday* ☐ *Saturday* ☐

*1* ☐ *2* ☐ *3* ☐ *4* ☐ *5* ☐ *6* ☐ *7* ☐ *8* ☐ *9* ☐ *10* ☐ *11* ☐ *12* ☐ *13* ☐ *14* ☐ *15* ☐ *16* ☐

*17* ☐ *18* ☐ *19* ☐ *20* ☐ *21* ☐ *22* ☐ *23* ☐ *24* ☐ *25* ☐ *26* ☐ *27* ☐ *28* ☐ *29* ☐ *30* ☐ *31* ☐

*A person can be the wonderland of another person*
*But can also be a ruined temple for that person;*

一个人是另一个人的仙境

也可能是另一个人的寒庙

**January** □ **February** □ **March** □ **April** □ **May** □ **June** □ **July** □ **August** □ **September** □ **October** □ **November** □ **December** □

*Sunday* □ *Monday* □ *Tuesday* □ *Wednesday* □ *Thursday* □ *Friday* □ *Saturday* □

*1* □ *2* □ *3* □ *4* □ *5* □ *6* □ *7* □ *8* □ *9* □ *10* □ *11* □ *12* □ *13* □ *14* □ *15* □ *16* □

*17* □ *18* □ *19* □ *20* □ *21* □ *22* □ *23* □ *24* □ *25* □ *26* □ *27* □ *28* □ *29* □ *30* □ *31* □

*A drama is the backyard of a whole age*

*And a name, the abrupt silence of a congregation of people;*

而一部剧是一个时代的后院

一个名字是一群人的突然缄默

**January** ☐ **February** ☐ **March** ☐ **April** ☐ **May** ☐ **June** ☐ **July** ☐ **August** ☐ **September** ☐ **October** ☐ **November** ☐ **December** ☐

*Sunday* ☐ *Monday* ☐ *Tuesday* ☐ *Wednesday* ☐ *Thursday* ☐ *Friday* ☐ *Saturday* ☐

*1* ☐ *2* ☐ *3* ☐ *4* ☐ *5* ☐ *6* ☐ *7* ☐ *8* ☐ *9* ☐ *10* ☐ *11* ☐ *12* ☐ *13* ☐ *14* ☐ *15* ☐ *16* ☐

*17* ☐ *18* ☐ *19* ☐ *20* ☐ *21* ☐ *22* ☐ *23* ☐ *24* ☐ *25* ☐ *26* ☐ *27* ☐ *28* ☐ *29* ☐ *30* ☐ *31* ☐

*This life, being infinitely folded, a living in infinite dynasties*
*How I am horrified, the speed suddenly gathering momentum*

这无限折叠的人生，无数朝代里的活着
我多么恐惧着，身边突然的加速度——

**January** ☐ **February** ☐ **March** ☐ **April** ☐ **May** ☐ **June** ☐ **July** ☐ **August** ☐ **September** ☐ **October** ☐ **November** ☐ **December** ☐

*Sunday* ☐ *Monday* ☐ *Tuesday* ☐ *Wednesday* ☐ *Thursday* ☐ *Friday* ☐ *Saturday* ☐

*1* ☐ *2* ☐ *3* ☐ *4* ☐ *5* ☐ *6* ☐ *7* ☐ *8* ☐ *9* ☐ *10* ☐ *11* ☐ *12* ☐ *13* ☐ *14* ☐ *15* ☐ *16* ☐

*17* ☐ *18* ☐ *19* ☐ *20* ☐ *21* ☐ *22* ☐ *23* ☐ *24* ☐ *25* ☐ *26* ☐ *27* ☐ *28* ☐ *29* ☐ *30* ☐ *31* ☐

*By my side—as the song comes to its end, grey hair*
*Crawl all over your head, like the first snow covering the ground*
*But you still allow me to indulge in my prattle—*

一曲唱罢满头新雪，而你，仍旧宠着我的喋喋不休

**January** ☐ **February** ☐ **March** ☐ **April** ☐ **May** ☐ **June** ☐ **July** ☐ **August** ☐ **September** ☐ **October** ☐ **November** ☐ **December** ☐

*Sunday* ☐ *Monday* ☐ *Tuesday* ☐ *Wednesday* ☐ *Thursday* ☐ *Friday* ☐ *Saturday* ☐

*1* ☐ *2* ☐ *3* ☐ *4* ☐ *5* ☐ *6* ☐ *7* ☐ *8* ☐ *9* ☐ *10* ☐ *11* ☐ *12* ☐ *13* ☐ *14* ☐ *15* ☐ *16* ☐

*17* ☐ *18* ☐ *19* ☐ *20* ☐ *21* ☐ *22* ☐ *23* ☐ *24* ☐ *25* ☐ *26* ☐ *27* ☐ *28* ☐ *29* ☐ *30* ☐ *31* ☐

*"Narrate the story once again, please, in a reversed way,*

*"Starting from the snow-like grey hair; it's truly fascinating,*

*This story of your love and life, all narrated in reversed sequence"*

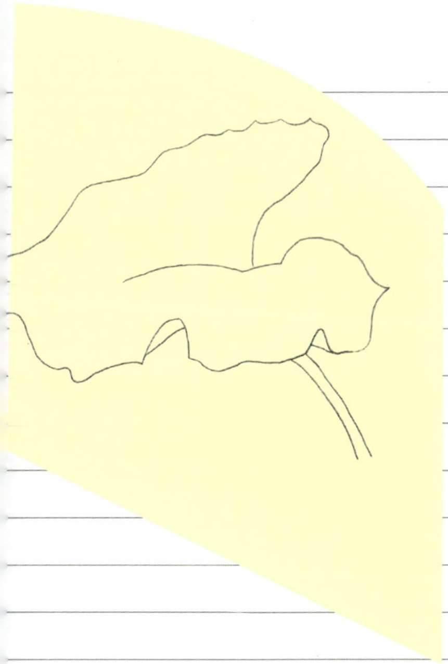

“再讲一次吧，从满头新雪开始往回讲

我迷上这倒叙的爱，爱着你倒叙的一生”

2016.1.28

2016.2.2 修改

**January** ☐ **February** ☐ **March** ☐ **April** ☐ **May** ☐ **June** ☐ **July** ☐ **August** ☐ **September** ☐ **October** ☐ **November** ☐ **December** ☐

*Sunday* ☐ *Monday* ☐ *Tuesday* ☐ *Wednesday* ☐ *Thursday* ☐ *Friday* ☐ *Saturday* ☐

*1* ☐ *2* ☐ *3* ☐ *4* ☐ *5* ☐ *6* ☐ *7* ☐ *8* ☐ *9* ☐ *10* ☐ *11* ☐ *12* ☐ *13* ☐ *14* ☐ *15* ☐ *16* ☐

*17* ☐ *18* ☐ *19* ☐ *20* ☐ *21* ☐ *22* ☐ *23* ☐ *24* ☐ *25* ☐ *26* ☐ *27* ☐ *28* ☐ *29* ☐ *30* ☐ *31* ☐

**January** ☐ **February** ☐ **March** ☐ **April** ☐ **May** ☐ **June** ☐ **July** ☐ **August** ☐ **September** ☐ **October** ☐ **November** ☐ **December** ☐

*Sunday* ☐ *Monday* ☐ *Tuesday* ☐ *Wednesday* ☐ *Thursday* ☐ *Friday* ☐ *Saturday* ☐

*1* ☐ *2* ☐ *3* ☐ *4* ☐ *5* ☐ *6* ☐ *7* ☐ *8* ☐ *9* ☐ *10* ☐ *11* ☐ *12* ☐ *13* ☐ *14* ☐ *15* ☐ *16* ☐

*17* ☐ *18* ☐ *19* ☐ *20* ☐ *21* ☐ *22* ☐ *23* ☐ *24* ☐ *25* ☐ *26* ☐ *27* ☐ *28* ☐ *29* ☐ *30* ☐ *31* ☐

**January** ☐ **February** ☐ **March** ☐ **April** ☐ **May** ☐ **June** ☐ **July** ☐ **August** ☐ **September** ☐ **October** ☐ **November** ☐ **December** ☐

*Sunday* ☐ *Monday* ☐ *Tuesday* ☐ *Wednesday* ☐ *Thursday* ☐ *Friday* ☐ *Saturday* ☐

*1* ☐ *2* ☐ *3* ☐ *4* ☐ *5* ☐ *6* ☐ *7* ☐ *8* ☐ *9* ☐ *10* ☐ *11* ☐ *12* ☐ *13* ☐ *14* ☐ *15* ☐ *16* ☐

*17* ☐ *18* ☐ *19* ☐ *20* ☐ *21* ☐ *22* ☐ *23* ☐ *24* ☐ *25* ☐ *26* ☐ *27* ☐ *28* ☐ *29* ☐ *30* ☐ *31* ☐

## *The Heart of a Particle*

*A morning dew, does it contain the salt of the soil?*

## 微粒之心

一粒朝露，有没有泥土的咸？

**January** ☐ **February** ☐ **March** ☐ **April** ☐ **May** ☐ **June** ☐ **July** ☐ **August** ☐ **September** ☐ **October** ☐ **November** ☐ **December** ☐

*Sunday* ☐ *Monday* ☐ *Tuesday* ☐ *Wednesday* ☐ *Thursday* ☐ *Friday* ☐ *Saturday* ☐

*1* ☐ *2* ☐ *3* ☐ *4* ☐ *5* ☐ *6* ☐ *7* ☐ *8* ☐ *9* ☐ *10* ☐ *11* ☐ *12* ☐ *13* ☐ *14* ☐ *15* ☐ *16* ☐

*17* ☐ *18* ☐ *19* ☐ *20* ☐ *21* ☐ *22* ☐ *23* ☐ *24* ☐ *25* ☐ *26* ☐ *27* ☐ *28* ☐ *29* ☐ *30* ☐ *31* ☐

*A ray of smoke, does it carry the weight of the Earth?*

一缕轻烟，有没有大地的重?

**January** ☐ **February** ☐ **March** ☐ **April** ☐ **May** ☐ **June** ☐ **July** ☐ **August** ☐ **September** ☐ **October** ☐ **November** ☐ **December** ☐

*Sunday* ☐ *Monday* ☐ *Tuesday* ☐ *Wednesday* ☐ *Thursday* ☐ *Friday* ☐ *Saturday* ☐

*1* ☐ *2* ☐ *3* ☐ *4* ☐ *5* ☐ *6* ☐ *7* ☐ *8* ☐ *9* ☐ *10* ☐ *11* ☐ *12* ☐ *13* ☐ *14* ☐ *15* ☐ *16* ☐

*17* ☐ *18* ☐ *19* ☐ *20* ☐ *21* ☐ *22* ☐ *23* ☐ *24* ☐ *25* ☐ *26* ☐ *27* ☐ *28* ☐ *29* ☐ *30* ☐ *31* ☐

*A short poem, does it bear the grudge of a heart?*

一首短诗，有没有心的不甘？

**January** ☐ **February** ☐ **March** ☐ **April** ☐ **May** ☐ **June** ☐ **July** ☐ **August** ☐ **September** ☐ **October** ☐ **November** ☐ **December** ☐

*Sunday* ☐ *Monday* ☐ *Tuesday* ☐ *Wednesday* ☐ *Thursday* ☐ *Friday* ☐ *Saturday* ☐

*1* ☐ *2* ☐ *3* ☐ *4* ☐ *5* ☐ *6* ☐ *7* ☐ *8* ☐ *9* ☐ *10* ☐ *11* ☐ *12* ☐ *13* ☐ *14* ☐ *15* ☐ *16* ☐

*17* ☐ *18* ☐ *19* ☐ *20* ☐ *21* ☐ *22* ☐ *23* ☐ *24* ☐ *25* ☐ *26* ☐ *27* ☐ *28* ☐ *29* ☐ *30* ☐ *31* ☐

*We're already resigned to our existence as a dust*

*Like a particle blown in the wind, loaded with its own destiny*

*All in eternal cycle, the end is what we can already predict*

*But is what we grudge to accept*

早已顺从尘埃般的生存

像扬起的微粒，满载自己的宿命

万物循环，我们知道结局，却又永不心甘……

2015.8

**January** ☐ **February** ☐ **March** ☐ **April** ☐ **May** ☐ **June** ☐ **July** ☐ **August** ☐ **September** ☐ **October** ☐ **November** ☐ **December** ☐

*Sunday* ☐ *Monday* ☐ *Tuesday* ☐ *Wednesday* ☐ *Thursday* ☐ *Friday* ☐ *Saturday* ☐

*1* ☐ *2* ☐ *3* ☐ *4* ☐ *5* ☐ *6* ☐ *7* ☐ *8* ☐ *9* ☐ *10* ☐ *11* ☐ *12* ☐ *13* ☐ *14* ☐ *15* ☐ *16* ☐

*17* ☐ *18* ☐ *19* ☐ *20* ☐ *21* ☐ *22* ☐ *23* ☐ *24* ☐ *25* ☐ *26* ☐ *27* ☐ *28* ☐ *29* ☐ *30* ☐ *31* ☐

**January** ☐ **February** ☐ **March** ☐ **April** ☐ **May** ☐ **June** ☐ **July** ☐ **August** ☐ **September** ☐ **October** ☐ **November** ☐ **December** ☐

*Sunday* ☐ *Monday* ☐ *Tuesday* ☐ *Wednesday* ☐ *Thursday* ☐ *Friday* ☐ *Saturday* ☐

*1* ☐ *2* ☐ *3* ☐ *4* ☐ *5* ☐ *6* ☐ *7* ☐ *8* ☐ *9* ☐ *10* ☐ *11* ☐ *12* ☐ *13* ☐ *14* ☐ *15* ☐ *16* ☐

*17* ☐ *18* ☐ *19* ☐ *20* ☐ *21* ☐ *22* ☐ *23* ☐ *24* ☐ *25* ☐ *26* ☐ *27* ☐ *28* ☐ *29* ☐ *30* ☐ *31* ☐

**January** ☐ **February** ☐ **March** ☐ **April** ☐ **May** ☐ **June** ☐ **July** ☐ **August** ☐ **September** ☐ **October** ☐ **November** ☐ **December** ☐

*Sunday* ☐ *Monday* ☐ *Tuesday* ☐ *Wednesday* ☐ *Thursday* ☐ *Friday* ☐ *Saturday* ☐

*1* ☐ *2* ☐ *3* ☐ *4* ☐ *5* ☐ *6* ☐ *7* ☐ *8* ☐ *9* ☐ *10* ☐ *11* ☐ *12* ☐ *13* ☐ *14* ☐ *15* ☐ *16* ☐

*17* ☐ *18* ☐ *19* ☐ *20* ☐ *21* ☐ *22* ☐ *23* ☐ *24* ☐ *25* ☐ *26* ☐ *27* ☐ *28* ☐ *29* ☐ *30* ☐ *31* ☐

**January** □ **February** □ **March** □ **April** □ **May** □ **June** □ **July** □ **August** □ **September** □ **October** □ **November** □ **December** □

*Sunday* □ *Monday* □ *Tuesday* □ *Wednesday* □ *Thursday* □ *Friday* □ *Saturday* □

*1* □ *2* □ *3* □ *4* □ *5* □ *6* □ *7* □ *8* □ *9* □ *10* □ *11* □ *12* □ *13* □ *14* □ *15* □ *16* □

*17* □ *18* □ *19* □ *20* □ *21* □ *22* □ *23* □ *24* □ *25* □ *26* □ *27* □ *28* □ *29* □ *30* □ *31* □

**January** □ **February** □ **March** □ **April** □ **May** □ **June** □ **July** □ **August** □ **September** □ **October** □ **November** □ **December** □

*Sunday* □ *Monday* □ *Tuesday* □ *Wednesday* □ *Thursday* □ *Friday* □ *Saturday* □

*1* □ *2* □ *3* □ *4* □ *5* □ *6* □ *7* □ *8* □ *9* □ *10* □ *11* □ *12* □ *13* □ *14* □ *15* □ *16* □

*17* □ *18* □ *19* □ *20* □ *21* □ *22* □ *23* □ *24* □ *25* □ *25* □ *27* □ *28* □ *29* □ *30* □ *31* □

**January** □ **February** □ **March** □ **April** □ **May** □ **June** □ **July** □ **August** □ **September** □ **October** □ **November** □ **December** □

*Sunday* □ *Monday* □ *Tuesday* □ *Wednesday* □ *Thursday* □ *Friday* □ *Saturday* □

*1* □ *2* □ *3* □ *4* □ *5* □ *6* □ *7* □ *8* □ *9* □ *10* □ *11* □ *12* □ *13* □ *14* □ *15* □ *16* □

*17* □ *18* □ *19* □ *20* □ *21* □ *22* □ *23* □ *24* □ *25* □ *26* □ *27* □ *28* □ *29* □ *30* □ *31* □

**January** ☐ **February** ☐ **March** ☐ **April** ☐ **May** ☐ **June** ☐ **July** ☐ **August** ☐ **September** ☐ **October** ☐ **November** ☐ **December** ☐

*Sunday* ☐ *Monday* ☐ *Tuesday* ☐ *Wednesday* ☐ *Thursday* ☐ *Friday* ☐ *Saturday* ☐

*1* ☐ *2* ☐ *3* ☐ *4* ☐ *5* ☐ *6* ☐ *7* ☐ *8* ☐ *9* ☐ *10* ☐ *11* ☐ *12* ☐ *13* ☐ *14* ☐ *15* ☐ *16* ☐

*17* ☐ *18* ☐ *19* ☐ *20* ☐ *21* ☐ *22* ☐ *23* ☐ *24* ☐ *25* ☐ *26* ☐ *27* ☐ *28* ☐ *29* ☐ *30* ☐ *31* ☐

**图书在版编目（CIP）数据**

时光笔迹：汉英对照 / 李元胜著；钱坤强译 .—重庆：重庆大学出版社，2017.5（2017.10 重印）

ISBN 978-7-5689-0518-3

Ⅰ. ①时… Ⅱ. ①李…②钱… Ⅲ. ①诗集—中国—当代—汉、英 Ⅳ. ① I227

中国版本图书馆 CIP 数据核字（2017）第 090415 号

**时光笔迹**

SHIGUANG BIJI

李元胜　著

钱坤强　译

策划编辑：陈晓阳

责任编辑：张　维　李佳熙

书本设计：任凌云

重庆大学出版社出版发行

出版人：易树平

社址：（401331）重庆市沙坪坝区大学城西路 21 号

网址：http://www.cqup.com.cn

邮箱：fxk@cqup.com.cn（营销中心）

全国新华书店经销

印刷：北京地大彩印有限公司

开本：787mm×1092mm　1/16　印张：13.75

2017 年 5 月第 1 版　　2017 年 10 月第 2 次印刷

ISBN 978-7-5689-0518-3　　定价：58.00 元